曾维惠心灵成长小说系列

一个人的舞台

海峡出版发行集团 THE STRAITS PUBLISHING & DISTRIBUTING GROUP | 福建教育出版社

目　录

引子

“晒坝三七分，我七分，你们三分，凭什么要晒到我这边来?”一个皮肤黝黑、虎背熊腰的四十来岁的女人，站在晒坝中间，指手画脚地吼道，“要想占我的地盘，除非要了我这条命!”

“哟哟哟，想要老子的命？来来来，拿去拿去，我那死闺女嫁得远，我还正愁没人养老。”一个六十来岁的老太婆一边吼着，一边朝中年妇女这边跑来。

“滚过去!”中年妇女举起丫扫（用楠竹枝丫捆绑而成的扫帚，用于扫晒坝上的粮食），做出随时出击的姿势，说，“你敢过来，老子就敢打死你!”

老太婆硬是朝中年妇女的丫扫上撞，她还拉着丫扫朝自己身上打，嘴里大喊:“打死人啦！打死人啦!”

“你喊，你喊——”中年妇女索性把丫扫扔在地上，说，“你喊破喉咙，也没人听得到。”

“打死人啦！打死人啦……”老太婆坐在地上，扯开嗓门，不停地喊着。

……

谁说没有人能听到老太婆的喊声?

一个十六岁的长发女孩听到了，一条老黑狗听到了，那棵古

老的黄桷树，应该也听到了。

女孩背靠着黄桷树，望着村头下山的那条石板路。这条小路，从村头一直蜿蜒到山脚，再穿过一条小河，便又蜿蜒着上山，最后到达一个小镇。

石板路上，一个人影也没有。是啊，这个地处山旮旯的天堂村，偏僻，贫穷，人们纷纷外出打工，或是找机会搬到镇上居住，留在村里的，本来就没有几个人了，有事没事，谁又会走在这石板路上呢？何况，现在正是农忙季节，又是中午时分，俗话说："秋夹伏，热得哭。"除了在晒坝上翻晒稻谷的人，谁愿意在太阳底下晒着呢？

和女孩一起坐在黄桷树下的，还有一条老黑狗。老黑狗把舌头从嘴里伸出来，"嘿嘿嘿"地喘着气，很热的样子。它和女孩一样，望着下山的石板路。

女孩起身来。她摸到了靠在黄桷树上的双拐，但是，她并没有拿起双拐，而是扶着黄桷树，单腿跳了几步。女孩的右腿没有小腿，空空的裤管在空中晃着，随着女孩的跳动而有节奏地甩动。

"嗒嗒——嗒嗒嗒——嗒嗒——"女孩一边轻轻地喊着节奏，一边伸出手来，伸展，舞水袖，再伸展，再舞水袖……

"打死人啦！打死人啦……"歇斯底里的喊声，传进了女孩的耳朵里。

女孩一惊，停止舞动，扭过头，朝村里望去。

老黑狗先是竖起耳朵听，然后起身来，做好了随时跟着女孩走的准备。

不要动我的拐

高一（1）班教室。

秋季学期刚开学不久，太阳从窗帘的缝隙照进教室，像针一般，“扎”在正趴在书桌上午休的学生的脸上、胳膊上……教室里，多数学生都在午休，只有极少数精力充沛的学生，还在奋笔疾书，不知是在努力用功，还是在赶抄作业。

一缕刺人的阳光，正好“刺”在讲桌上放着的一盆仙人掌上。这可真是“针锋相对”啊。据说这是教师节的时候，某个同学送给老师们的礼物。还真是奇怪，为什么要送一盆仙人掌呢？有同学说：“不送鲜花只送刺，看来是没安好心。”班主任皮泽刚却说：“送得好啊，生活就是由一根一根的刺构成的……你们这些娃娃，刺着刺着，就长大了。”

瞧这话说得，“送得好啊，生活就是由一根一根的刺构成的……你们这些娃娃，刺着刺着，就长大了”，多深奥的话啊！

一个坐在第一排的贼眉鼠眼的瘦小的男生，迈着比猫步还轻的步子，走到讲台上。他伸出食指，轻轻地摸了摸仙人掌的刺，然后故作夸张地缩回手指，好像被刺痛了的样子。他冲着仙人掌，吐了吐舌头，挤了挤那对鼠眼，便在讲台上的凳子上坐了下来。他那双鼠眼滴溜溜地转动着，把教室里的每个同学都打量了一番。最后，他的目光停留在靠着墙壁的那对拐上。

这对拐，靠在一个长发女生旁边的墙壁上。女生趴在书桌上，睡得正香，她那长长的秀发，一半盖在脸上，一半悬在空中，像瀑布一样。

小男生蹑手蹑脚地走到女生旁边，轻轻地拿起双拐，又蹑手蹑脚地回到了讲台上。他先是把拐当枪使，瞄准一个正在奋笔疾书的同学，嘴里发出轻微的“啪啪”声，这声音很小，小到不会惊醒午休的同学。随后，他把双拐放在自己的腋下，自己扮演起瘸腿的残疾人，在讲台上走过去，又走过来。

刚刚还在奋笔疾书的同学，抬起头来，看到了小男生的举动，有人撇了撇嘴，有人皱了皱眉，有人摆了摆手，表示不赞成小男生的做法。小男生可不管这些，他在讲台上来回走了几趟后，还做出一不小心摔了一跤的样子，咬咬牙，咧咧嘴，仿佛很吃力。这一切，都没有声响。

“丁零零——”午休结束的铃声响了。

刚刚还在睡梦中的同学们，有的伸起了懒腰，有的在用纸巾擦着腮边的涎水，有的站起身来准备去卫生间……

“卖拐喽，卖拐——”讲台上，那个小男生吆喝起来，“卖拐喽，卖拐——”

“本山大叔，要我说，这个拐就别卖了。”一个修着男士短发、虎背熊腰的女生从座位上站起来，指着卖拐的小男生说。

“这为啥呀？”小男生问。

“满大街都是腿脚好的，谁买你这玩意儿呢？”短发生女生说。

哎，这不是《卖拐》中的台词儿吗？还背得挺熟。

小男生见有人与他唱和，更来劲了，他挥着手中的拐，说：“你废话，不卖了？做这副拐，又搭工又搭料，一天一宿没睡觉，

不卖不赔了吗?”

“哎呀，这满大街都是腿脚好的，能卖出去吗?”短发女生也说得挺带劲，仿佛想把这出戏演到底。

“你还不了解我吗？还管我叫大忽悠呢。我能把正的忽悠邪了……小两口过得挺好，我能把他忽悠分别了……”小男生在讲台上，夸张地挥着拐，“今天卖拐，一双好腿，我能给他忽悠瘸了……”

“哈哈哈哈——”短发女生大笑起来。

“哈哈哈哈——”刚刚还伸着懒腰打着哈欠擦着涎水的同学们，都被惹笑了。

听到了同学们的笑声，短发女生和小男生非常得意，他们继续演着小品:

“你可拉倒吧。”

“信不信?”

“我就不信，人家好好的腿，你就给人家忽悠瘸了?”

“你看吧，这就是我的强项。”

……

“什么是你的强项啊?”一个不冷不热的声音，在教室门口响起。

短发女生赶紧坐了下去，小男生赶紧扔了双拐，贼头贼脑地朝自己的座位走去。

刚才说话的是高一（1）班班主任皮泽刚。皮老师高高的个子，剪着平头，虽不算壮，但也极具阳刚之气。若是他一脸灿烂，同学们便会跟着开心一番。若是他收住笑容，同学们便会如老鼠见了猫似的，赶紧埋头做作业。

“赵小山，你说说，什么是你的强项啊?”皮老师一边问，一

边微笑着走上了讲台。

赵小山是谁？就是刚才卖拐的小男生。他极为幽默，总能给班里带来快乐，初中的时候，便得一绰号“本山大叔”。现在，班里有赵小山初中时的同学，“本山大叔”这一绰号，便带到高一（1）班来了，还有在校园里蔓延开来的趋势。

皮老师走上讲台，看见了赵小山在慌乱中丢下的双拐。皮老师脸上的笑凝固了。他捡起双拐，直起身来，把目光投向了赵小山。赵小山感觉皮老师的目光像利剑一般刺向自己，他低下了头。

“赵小山！”皮老师叫了赵小山一声，但并没有说别的什么话。

赵小山像一只小老鼠一样，把头埋得很低，并且装着在认真做作业的样子。皮老师又叫了一声：“赵小山！”这一次，皮老师的声音里，带着几分威严。

赵小山只得放下笔，站了起来。教室里很安静，大家不知道皮老师会怎么处置赵小山。

皮老师把双拐递到了赵小山的跟前。赵小山愣了一下，伸出手来，接过了双拐。

赵小山又愣了几秒钟，便转过身，朝教室后面走去……赵小山在一个长发女生面前停了下来。

长发女生咬着嘴唇，眼睛盯着翻开的数学书，两手放在大腿上，握得很紧，仿佛在紧紧地拽着什么，生怕它逃跑了似的。

“对不起……”赵小山把双拐递向长发女生。

长发女生没有伸出手来接双拐，也没有看赵小山一眼。

“对不起……”赵小山又说了声对不起，然后把双拐靠在女生旁边的墙壁上，也就是刚才他取走双拐的地方。

赵小山像一只半夜出来偷玉米的老鼠一样，蹑手蹑脚地回到座位。

“叭嗒——”一滴眼泪，从长发女生的眼眶里滑落，滴到了书页上。长发女生赶紧合上书页，她以为别人没有看到她的眼泪。

有一个人看到了这滴泪水，他就是长发女生的同桌——男生向涛。向涛是班里的学习委员，一个成绩很好的阳光男孩，他不张扬，能够冷静对待班里发生的大事小事。

这一节课，同学们听得非常认真。或许，因为刚才的事，让同学们觉得皮老师生气了，谁也不敢在这个时候动太岁头上的土，否则，怕是会吃不了兜着走。同学们都坐得特别端正，唯有那长发女生，她虽然抬起了头，但眼睛一直盯着数学书。或许，她是不愿意让皮老师看见她的泪眼吧。

趁皮老师转过身去画图，同学们都忙着把黑板上的图画到自己书上的时候，向涛在桌肚儿下写了一张纸条，塞进了长发女生的桌肚儿里。长发女生没有打开纸条，她把纸条推了推，塞进了桌肚儿深处，仿佛怕别的同学看见似的。直到下课，趁着同学们争着抢着挤出教室上卫生间或是出去呼吸新鲜空气的时候，长发女孩才打开了纸条，上面写着一行字：

原谅别人，就是宽恕自己。

长发女孩把纸条夹进了一个笔记本里。

“小溪，我想去卫生间，你去吗？”长发女生身后的一个短发女生起身来，对她说。

“不去了，你自己去吧。”长发女生回过头去，应了一句，脸上挤出很勉强的微笑。

短发女生叫杨梅，高一（1）班的班长，是个性格温和的女孩，从开学第一天起，她就特别关心长发女孩。

长发女生名叫米小溪。开学第一天，她到高一（1）班报到的时候，是拄着双拐来的。米小溪不单拄着双拐，背上还背着一个大大的包裹，里面装着学习用具、衣物以及简单的床上用品等等，包裹上面还捆绑着一床凉席。这样一来，她走得有些吃力。

皮老师把报到的地方选在教室外面的花圃旁，原本拥挤在班主任皮泽刚老师周围的同学们，看见拄着双拐来报到的米小溪，都不约而同地让出道来，用惊异的眼神打量着米小溪，还有人开始窃窃私语起来。米小溪顿了顿，低着头，拄着拐，朝皮老师走去。

就在大家都屏住呼吸的时候，一个奇怪的声音在人群中响起：“哎哟，这是红军在长征，还是在卖拐？”

说这话的，就是人称“本山大叔”的赵小山。

“哎哟！你怎么打人？”赵小山又一声尖叫。原来，赵小山的胸部，中了一拳。打出这一拳的人，便是向涛。

“你为什么打我？”赵小山不依不饶。

“一看你就是欠揍的角儿。”向涛咬牙切齿地说，“请管好你的嘴，有些不该说的话，别让它们蹦出来……”

赵小山一把抓住向涛的衣服，向涛也举起拳头，眼见这俩人就要打起来，皮老师发话了：“都给我放手，别添乱！”

刚刚还满脸阳光的皮老师，这会儿一脸的严肃，看起来怪吓人的。赵小山放下抓住向涛衣服的手，向涛也把举起的拳头给放下了。

米小溪把头埋得很低，她咬了咬牙，慢慢地走到了皮老师面前。报到注册后，皮老师喊道：“杨梅，米小溪和你一间寝室，你领她去一下。”

杨梅是个懂事的女孩子，她一下子就领会了皮老师的用意，她快步走到米小溪面前，用手托住米小溪背上的包裹，说：“放下来，我帮你拿。”

可是，米小溪并没有领情，她扭过身，背对着杨梅。米小溪停在原地，四下张望着，她不知道寝室在哪里。

“走吧，我带你去。”杨梅说完，便朝寝室的方向走去。

杨梅一边走，一边回过头来看米小溪。下石梯的时候，米小溪走得非常困难。杨梅回过身，伸出双手，想要扶住米小溪，但被米小溪拒绝了。杨梅只能一边往前走，一边回头看米小溪，仿佛米小溪一摔倒，她就可以马上拉住她一样。

来到寝室里，米小溪累得气喘吁吁，汗流浃背。米小溪把双拐靠在墙角，她的身体稍靠在墙上，开始动手把背上的包裹放下来。杨梅赶紧伸出手来，想替米小溪接住包裹。哟，这包裹捆得真结实，还真不轻呢，只听“砰”一声重响，包裹从杨梅的手上滑落，掉在了地上。

“抱歉啊，没想到这么重。”杨梅不好意思地说。

米小溪没有说话，但她的脸上挤出了一丝笑容。这已经让杨梅很开心了，她认为，自己和米小溪的距离拉近了。

唉，这么重的包裹，让一个拄着双拐的女孩背着，还时而上坡，时而下坡，这该有多难为她呀！瞧，米小溪的衣服已经被汗水浸湿了。

这是一个位于楼梯间的可以住四个人的小寝室。在学校里，这样的寝室不多，能住到这样的寝室，算是非常幸运的了。米小溪能分到这个寝室里，不知道是偶然的幸运，还是皮老师的特意安排。寝室里，有两张上下铺，有三个床已经铺上了凉席，放上了薄毯以及一些零散的生活用品，就只剩下一个上铺了。

那个没人住的上铺上，凌乱地摆着一些旧书旧报纸等杂物，估计是上一届的学生留下的。米小溪单腿跳到床铺前，双手抓住床铺的扶梯，准备爬上去收拾那些杂物。

杨梅看了看米小溪的腿，赶紧对米小溪说："那边的上下铺是别的班上的同学住。我住在这里，我搬到上铺去吧，你住下铺方便。"杨梅在吐出"方便"二字后，便及时地收住了话茬儿，她害怕自己伤害到了眼前这个拄着双拐来上学的同学。

手脚麻利的杨梅，很快就把自己的东西收拾起来。

"以后，我可是要踩着你的床沿爬上去了，你要多多关照我哦，可别嫌弃我踩脏了你的床。"杨梅一边说，一边往上铺爬。

米小溪没有说话，但她又一次露出了微笑，表示不介意杨梅踩着她的床沿上去。

杨梅把上铺收拾干净后，又对米小溪说："米小溪，麻烦你把我的东西递上来一下。"

米小溪把杨梅的东西递上去后，便开始收拾自己的东西。她先把凉席铺上，然后打开包裹，从里面拿出一块抹布，单腿跳到卫生间，把抹布淋湿，再拿到床前，仔细地抹着凉席上的灰尘。

"米小溪，你没带水桶和盆儿吧？我去帮你买，我知道哪里有卖。"杨梅从上铺跳下来，对米小溪说。

"谢谢！一会儿我自己去吧。"米小溪终于说话了。她明显是拒绝了杨梅的帮助。杨梅愣了一会儿，便对米小溪说："我来帮你把衣服放进橱柜里吧。"

"我自己来。"米小溪又拒绝了杨梅，这叫杨梅感到不可理解。

这米小溪怎么这样奇怪呢？老是拒绝别人的帮助。杨梅只好坐在对面的床沿上，看着米小溪收拾床铺。

等米小溪收拾好了床铺，杨梅便带着她到学校的超市里买了水桶、脸盆等生活用品。回来的时候，杨梅想替米小溪拿水桶、脸盆等用品，但是，米小溪很固执，她把小物品装进水桶里，把脸盆放在水桶上，然后，把水桶挂在左手腕上，这似乎并不太影

响米小溪拄拐和行走。杨梅跟在米小溪的身后，心里很乱，她不敢想象米小溪的生活是多么的困难，不敢想象米小溪的内心除了痛苦还有没有别的什么……

开学第一天的下午，皮老师把座位表贴在教室后面的张贴栏里，让同学们对号入座。米小溪的同桌，便是上午用拳头揍赵小山的向涛。同学们找到自己的座位后，整理好书桌，便开始东张西望，七嘴八舌起来。都是高一的学生了，根本不再需要老师来启发他们如何与同学熟悉和交往，没几分钟，同学们便相互认识了。

至于皮老师在安排座位的时候，为什么不考虑同学们的身高及眼睛是否近视，皮老师的解释是："这座位不是固定的，每周都会以学习小组为单位来挪动，要么前滚翻，要么侧滚翻。"哈哈，这皮老师还真够幽默的，在教室里，便把前滚翻和侧滚翻都做了。

"哟，原来是天造地设的一对，难怪……"赵小山阴阳怪气地说。

"本山大叔，哪里有一对？还是天造地设的。"一个剪着男士短发、五大三粗的女生问。开学第一天，这女生就知道赵小山的绰号，看来，他们是同校毕业的。

"哼，你一'女汉纸'，怎么管得了天造地设这样的闲事？哈哈哈！"赵小山夸张地笑了起来。

赵小山用"女汉纸"来形容这个女生，真是太恰当不过了。你瞧，她剪着男生一样的短发，虎背熊腰，面部轮廓偏硬……那长相，那神情，根本就是一个五大三粗的男生。这"女汉纸"原名吕寒，是赵小山的同班同学，所以，他们都知道对方的那点老底。现在，凑巧的是，皮老师竟然安排他们成了同桌。看来，好戏还在后面呢。

“呃，哪里有天造地设的一对？”吕寒用胳膊肘拐了赵小山一下，她的嗓门有些大，大得让大多数同学都安静下来听他们说话。或许，大家都在想：这天造地设的一对在哪里呢？

“喊！真是的！弄这么大的动静做什么？我没兴趣告诉你，你自己找去。”赵小山不高兴了，他埋头整理自己的书，不再理睬吕寒。

吕寒可不愿意罢休，她狠狠地踩了赵小山一脚，疼得赵小山直咧嘴。吕寒低声威胁着：“你说不说？要不要再来一下？”

“哎哟，卖拐咧——”赵小山尖叫着，吼出了这么一句。

这下可好，大家的眼光，都投向了向涛和米小溪那里。向涛倒是沉得住气，他自顾自地收拾着那些书，收拾好以后，便拿出笔和本子，写起字来。或许，向涛自己也不知道在写什么，他只是想用这种沉默来对付大家的眼光而已。

米小溪也埋头整理自己的书，她理得很慢，很细致，把书和作业本都叠得整整齐齐。或许，她是想用这种看起来没有劲的动作来对付大家的好奇。

果然，那些好奇的同学都觉得没趣，便收回目光，做自己的事去了。

杨梅坐在米小溪的后面，她们分在同一个学习小组，所以，不管座位是前滚翻还是侧滚翻，她们都会在一起。

开学的第二天，皮老师便找杨梅谈话。

“杨梅，你知道我为什么安排米小溪和你住一间寝室，还安排你和她在同一个小组吗？”皮老师问杨梅。

杨梅摇了摇头。或许，杨梅隐隐知道一点皮老师的想法，但她不敢确定，所以，也只好摇头。

“你是一个懂事、细心、善解人意的女孩，我希望你能多帮助

米小溪。”皮老师说。

“嗯。”杨梅点了点头。

“但是，你对米小溪的帮助不能太过，要保护她的自尊心。”皮老师顿了顿，说，“我想，你明白我说的意思。”

“嗯，我知道。”杨梅又点了点头。

“我之所以安排向涛与米小溪同桌，因为我从报到的时候便看出，向涛至少不会欺负米小溪。”皮老师说，“刚开学，我对同学们的了解还不够，我能做的，也只有这些了。”

从皮老师的办公室出来，杨梅感觉到了自己肩上担子的沉重。是啊，昨天，自己处处想帮助米小溪，但米小溪处处拒绝，这会儿，杨梅才明白，自己提出帮助米小溪，其实是在触动米小溪内心的伤痛，米小溪不希望别人拿她当残疾人看待。

杨梅决定，自己要像没事儿人一样，生活在米小溪身边，在最合适的时机，帮助米小溪，绝不让米小溪的自尊受到一丁点儿的伤害。

开学头一周，高一（1）班看似风平浪静。但第二周的时候，发生了一件惊天动地的大事。

一个大课间，赵小山冲进教室，大喊：“‘女汉纸’，你的包裹，我帮你取回来了！”

“哈哈哈！‘女汉纸’，‘女汉纸’……”教室里一阵哄笑。

这会儿，赵小山已经把包裹举到吕寒面前，邀功似地说：“说吧，怎么报答我？”

哪知，吕寒头也不抬地对赵小山说：“本山大叔，麻烦您老人家看一看，包裹上写的是谁的名字？您老人家是不是送错人了？”

这一问，让赵小山摸不着头脑，他一时没有反应过来，便认真地看着包裹上的字。确认无误后，赵小山说：“我没有送错啊，

上面写的就是你的名字。”

“写的是我的名字吗？你念出来大家听听。”吕寒依旧没有抬头。

“呃，上面写的是‘高一（1）班吕寒收’，没有错啊。”赵小山大声说。

“既然包裹上写的是‘吕寒收’，那你把包裹送到我这里来，不是找错人了吗?”吕寒还是埋着头，看也不看赵小山一眼。

“你，不就是吕寒吗?”赵小山感到莫名其妙。

“你，确定我是吕寒吗?”吕寒反问。

“当然确定！难道你不是吕寒吗？你就是吕寒。”赵小山说。

“好吧，以后别叫我女汉什么纸了。”吕寒说，“否则，我要了你的小命儿!”

吕寒说完，突然伸出手来，从赵小山手中抢过了包裹。吕寒知道，若是等赵小山回过神，他一定不会把包裹给自己，铁定会拿什么条件来要挟一下。赵小山可不是省油的灯。

“哼!”赵小山知道自己被吕寒耍了，显得很不服气，他硬是扑上去，从吕寒手里抢过包裹，离开座位，跑到了教室的后排。

“你站住！把包裹给我。”吕寒起身来，朝赵小山追去。

赵小山比吕寒瘦，显得极为灵活，吕寒当然追不上赵小山。他们在教室里转了几个圈，急疯了的吕寒，转到米小溪身边的时候，顺手操起米小溪靠在书桌边上的拐，爬上米小溪的书桌，踩在米小溪的作业本上，朝赵小山逃跑的过道儿跳去。

“啪——”吕寒没能打着赵小山，拐打到了别人的书桌上。

“啪——”又一声响，吕寒把拐朝赵小山掷去，没能掷中目标。米小溪的拐，躺在了地上。

米小溪望了自己的拐一眼，咬咬牙，埋头做作业。

杨梅站起身来，把拐捡起来，放回了原位。向涛望着吕寒，眼里射出愤怒的光，脸也铁青着，一副想发作却又极力忍着的样子。吕寒见向涛那表情，生气地吼道：“看着我做什么？想吃了我啊？我不就借用了一下拐吗，值得你生这样大的气？那拐，放那儿闲着也是闲着，我拿来用一用，正好体现了它的价值。你有气儿朝赵小山发去，这事儿与我无关！”

的确，这一切都是赵小山惹的祸，吕寒也是出于无奈才“揭竿而起”。

“向涛，由他们闹去吧，别理他们。”杨梅说，“他们俩做同桌，真是绝配。”

向涛收回愤怒的目光，开始做作业。

杨梅这话也正中米小溪的意，她也不愿意身边的同学为自己的事闹得不可开交，大家越是为她争吵，她越是感到难堪。米小溪把头转过去，看着窗外。窗外的天空，很晴朗，很干净。米小溪的心情，仿佛在这一瞬间，已经由阴转晴。米小溪强迫自己笑了笑，便又埋头做作业。

吕寒和赵小山的战斗，还没有结束。赵小山站在教室门口，喊道：“‘女汉纸’，你信不信，我把你的包裹扔进水池里。”

吕寒急了，她拿起赵小山的笔袋，朝赵小山扔去。

这次战斗最后的结局是：吕寒连续向皮老师提出五次申请，软磨硬缠，最后在皮老师的同意下，把座位搬到了最后一排。吕寒发誓：“这辈子，连和赵小山擦肩而过都不可以。”

吕寒和赵小山都觉得自己受了伤。他们哪里知道，受伤最深的应该是米小溪。那天晚上，米小溪在自己的日记本上写道：

吕寒，你在把我的拐当成进攻赵小山的武器的时候，你可曾想过我的感受？我的拐，它不同于教师的教鞭，不同于农民的锄

头，不同于同学们的笔，它是我的伤，它是我的痛。

其实，我并不需要大家给我多少帮助，什么事情我自己都可以做，我只是希望你们不要动我的拐。

米小溪从日记本里，翻出了向涛写给她的纸条：

原谅别人，就是宽恕自己。

望着这张纸条，米小溪的眼前浮现出向涛的身影：那个个子高高的，脸上时而写满了阳光，时而写满了深沉的男孩子……

黄桷树下的木木

天堂村，一个很美好的村名。

然而，这些年来，村里的人并不把这里当天堂。这里地处偏远山区，要坐三四个小时的公共汽车才能到县城。这里到镇上，也要走一个小时的山路。这条山路，在山间蜿蜒，人们出门，或是上坡，或是下坡，难得有一段平路。

去了一趟县城回来的人总会说：“还是城里好啊，一溜儿的平地，人多车多，楼房又高，啥样东西都有卖。”天堂村的人们，觉得城里才是真正的天堂。他们一个接一个地往城里闯，一家接一家地往镇上或城里搬。而今，守在天堂村的人，已经不多了，仅有的几个，也多是中老年人。

再清秀的山，再葱郁的树林，再清澈的小溪，再清新的空气……在进过城的山里人的眼中，都不及城里的繁华。

守着天堂村的，还有村头那棵古老的黄桷树。这棵黄桷树，天堂村的人都不知道它到底有多少岁。它的树干上有着大小不一的凹凸（天堂村的人们说那是黄桷树长的瘤），那巨大的树冠，枝叶繁茂，足以为伞下的动植物遮风挡雨。

时下，临近中午时分，烈日炙烤着山坡上的一草一木。山路上，看不见一个人影。古老的黄桷树下，蹲着一条老黑狗。这几年，每到周末，跑到黄桷树下来蹲守，成为老黑狗的习惯。

老黑狗蜷了一会儿，便会抬起头来，往山下的山路上看。它在寻找那个熟悉的身影。

“去——去——去——”

一个六十来岁的老太婆从黄桷树旁经过，她捡起一块石头，朝老黑狗扔去。老黑狗被石块砸疼了，它可怜地“汪汪”两声，便跳起来，夹着尾巴，沿着小路逃跑了。

拐过一个土丘，老黑狗停了下来。过了一小会儿，老黑狗从土丘后面回转身来，见老太婆已经走远，它便又朝黄桷树走来。

老黑狗蹲在黄桷树下，望着那条崎岖的山路。

“汪汪——汪汪——”

老黑狗冲着山下的小路叫了起来，同时摇着尾巴。山路上，出现了一个身影，一个拄着双拐爬山路女孩的身影，那是老黑狗期盼的身影。

老黑狗叫了几声后，沿着小路飞快地朝山下冲去。

“木木，木木——”

“汪汪——汪汪——”

老黑狗和那个身影渐渐靠近。

最后，老黑狗和那个身影终于走到了一起。

“木木，木木——”

“汪汪——汪汪——”

木木是谁？木木就是那条老黑狗。它所等候的，是每周六上午放学归来的米小溪。自从米小溪到镇上的初中念书开始，每到周末，木木都会在黄桷树下等她回家。

“木木，木木……”米小溪搂着木木的头，眼眶里噙着泪水。

木木这个名字，是米小溪取的。

打记事以来，米小溪的生活里便有了木木，不过，最初的时候，它只是一只小黑狗，也没有“木木”这样好听的名字。后来，米小溪长大了，便给它取了个好听的名字——木木。

几年前，木木和米小溪生活在一个小镇上。米小溪走到哪里，木木就跟到哪里。米小溪上小学的时候，学校离家不远，木木总会把米小溪送到学校，然后跑到别的地方去玩耍，而到米小溪放学的时候，它又总会非常准时地来到学校门口，接米小溪回家。

后来……后来……

后来，经历了一场巨大的灾难……

米小溪带着木木，离开生活了十一年的小镇，来到了天堂村……

“打住，打住。”米小溪把自己从回忆中拉了回来。

米小溪就读的高中在一个中心镇上，从那里坐一个小时左右的公共汽车，到镇上的公共汽车站，再走一个小时左右的山路，便可以回到天堂村。

木木陪着米小溪爬了一段山路，来到了村头的黄桷树下。米小溪把双拐靠在黄桷树的树干上，坐在黄桷树暴露出来的粗大的树根上，喘着气。木木蹲在米小溪身边，用头去蹭米小溪的脸，还用舌头去舔米小溪的手。

“木木，等我好久了吧？辛苦了哦。”米小溪拍着木木的头，在木木的耳边说。

木木仿佛听懂了米小溪的话，它把整个身体都靠在米小溪身上，表示亲热，也表示这一周以来对米小溪的想念。

“木木，谢谢你来接我。也只有你会在这里来接我了。”米小溪说这话的时候，有些哽咽。

木木闭着眼睛，享受着米小溪的抚摸。

“走，回家。”米小溪拍了拍木木的头说。米小溪和木木说

话，就好像在和家人说话一般。

木木时而跑在米小溪的前面，时而跑在米小溪的后面，时而和米小溪并排着走，既如一对好朋友，又如一老一少，行走在村头通往家的小路上。

穿过一片楠竹林，米小溪和木木到了家门口。

一方青石板铺成的晒坝，供住在晒坝边上的两户人家使用。这两户人家，住的都是土墙瓦屋，平日里进出的人很少，各家的屋檐下都长出了青苔。两户人家的大门都紧闭着，屋里的人，应该都到地里干活儿去了吧。

米小溪从背包里掏出钥匙，打开了自家的门。虽然正值秋季夹伏的大热天，但屋里还是很凉爽，或许，这正是土屋的好处吧。屋里的家具很简单，但收拾得干净利落，看得出，主人是个爱整洁之人。

米小溪看了一下时间，十一点，该是做中午饭的时间了。

米小溪单脚跳着，来到屋旁的菜地里。在家里或家的附近活动，米小溪都可以不用双拐，她能单脚跳着做家务事，或到屋外做简单的农活儿。米小溪摘了几个茄子，割了几株冬苋菜，便又单脚跳进了屋。

洗锅、生火、淘米、下锅。一切都井井有条。米小溪抬起头来，看了看悬挂在灶膛上方的腊肉，割一小块腊肉炒韭菜，可是美味儿呢。不过，米小溪还是没有动腊肉，她只是吞了吞口水。

“哎哟，切得那么碎，都炒化了。”就在米小溪切好茄子准备下锅的时候，一个粗声粗气的声音，在她的身后响起。

“三爸，回来了。”米小溪向刚刚说话的人打着招呼。

米小溪的三爸，不是男人，而是个女人，她是米小溪爸爸的三姐，按正常称呼，米小溪应该叫她三姑，但自米小溪记事以

来，都是叫她三爸。这个女人一头短发，长得虎背熊腰，皮肤黝黑，还有一副泼辣像。总之，一看就不是个好惹的角儿。

米小溪的三爸，原本有一个好听的名字——米玉。乍一听，这人应该温柔贤淑，可她偏偏生就一副大嗓门儿加坏脾气，村里人给她取了个名字——老玉米。老玉米是什么？老玉米是啃不动的，谁拿她也没有办法。

“下周早点回来，地里头事情多，你也要吃要穿，不能闲在屋里只做饭，这饭我都会做……地里头的事忙得不可开交，你倒是好，赖在学校……”老玉米喋喋不休。

“我从学校走得早，路上堵车了。”米小溪一边翻炒着锅里的茄子，一边说。

“今天堵车，明天车在半路坏了，后天班车误点。”老玉米一边往灶膛里塞柴块儿，一边说，“你这个年代还有钱坐车，我们小时候再远的路都只有靠脚来走。”

米小溪没有说话，她只管把锅里炒熟了的菜盛进盘子里。

“你看你看，明明装不下，还要用盘子。用大碗，用大碗，又没客人，还拿盘子来装面子。”老玉米一直唠叨着。在这个家里，仿佛没有老玉米逮不住的话茬儿。

吃饭的时候，老玉米见米小溪的碗里米饭不多了，便舀来一大勺，压进了米小溪的碗里。米小溪小声说：“我吃不下这么多了。”

“你看你，都瘦成猴儿样了，还不吃不吃。”老玉米一边往嘴里扒饭，一边说，“吃了长壮实，才能下地做事。你看你，肩挑手提，哪样你使得上劲儿？”

老玉米吃得飞快，三大碗白米饭，很快就被她塞下了肚。

“把碗洗了。下午你在家里守着，那个耳朵半边倒的母兔要下崽，你好生守着。我要去镇上一趟。”老玉米说完，一边抹嘴，一

边出门去了。

老玉米出门后，米小溪把碗里的饭倒进了木木的食槽里。

“木木，来帮我吃。”米小溪唤着木木。木木朝米小溪摇了摇尾巴表示感谢，然后便开心地吃了起来。

米小溪一个人在厨房里“叮叮当当、嚓嚓嚓嚓”地收拾着，她麻利地洗碗筷，刷锅盆，抹灶台。做这样的事情，对米小溪来说，已经是轻车熟路了，她也从来没把做这样的事当成一种负担，反而觉得是一种乐趣，至少在这个时候，她可以享受一段安静的时光。

按照老玉米的吩咐，下午，米小溪得守着一只要分娩的母兔。米小溪很开心，自己又可以当一回“接生婆”了。

老玉米养了不少兔子。那间放着杂物的屋子里，长年散发着一股刺鼻的气味，那便是兔子拉的屎尿味。米小溪来到屋里，见一只肚子鼓得大大的母兔，正在用嘴扯着自己肚子上的毛，这便是要分娩的前兆。

母兔扯了一嘴毛，便钻进了一只破背篓里。米小溪知道，这只母兔，想要把小兔崽们生在那只破背篓里，它担心小兔崽们受凉，便扯下自己身上的毛，给小兔崽们铺一个温暖的窝。过了一会儿，母兔又从破背篓里钻了出来，继续扯着自己肚子上的毛。米小溪知道，它不会马上就分娩。

米小溪到自己的房间里，把作业拿过来，一边做作业，一边等着母兔分娩。做作业的米小溪，显得非常安静。她或是凝神思考，或是飞快书写，米小溪的成绩虽然不是最好的，但她绝对是最认真的。

咦，那只要分娩的母兔呢？怎么不见了？米小溪觉得好奇怪。她起身来，直接走到那破背篓面前，她弯下腰去，却没有看

到母兔。母兔到哪里去了呢？不会趁自己做作业的时候，跑出去了吧？不会的，肯定不会的，为了方便喂养和透气，这个房间的门，除了配有可以关锁的大门，还配了两扇齐腰高的腰门，方便进出。腰门一直是关着的，母兔不可能长了翅膀，从腰门飞出去。

米小溪开始检查这间兔屋的每一个角落。终于，米小溪在一堆破棉絮里找到了母兔。真是“可怜天下父母心”啊！这只兔妈妈，为了不让刚生下来的孩子受凉，竟然将分娩的地方，从破背篓转移到了破棉絮堆。现在，虽然天气还比较炎热，但这屋子相对凉些，对于刚生下来的小兔崽儿来说，棉絮堆是更温暖的选择。

米小溪继续做作业。母兔一趟又一趟地来回跑着，有时候还会衔一些干草到破棉絮堆里去。不知母兔是否知道，有破棉絮保暖，她已经不用再扯自己肚子上的毛了。但是，母兔还是不停地扯着，原来毛色光滑漂亮，现在，已成了一只癞皮兔了。

每次，看到母兔为了给小兔崽儿保暖而扯自己肚子上的毛，都让米小溪感动万分。米小溪便会想起自己的爸爸和妈妈。

米小溪会想起爸爸为自己做的木偶人，那几根奇怪的线，只要轻轻一拉，木偶人便会做出不一样的动作来，很可爱，甚至还逗人发笑。可如今，那个木偶人已经没有了。

米小溪会想起妈妈为自己织的花毛衣。那漂亮的花毛衣啊，比在服装店里买的衣服还漂亮呢。花毛衣上，织着美丽的图案，贴着漂亮的荷包，还有精致的花边，穿在身上，真是比公主还漂亮。然而，那件漂亮的花毛衣，也没有了。

……

噢，得去看看，母兔下小兔崽儿了没有。米小溪强迫自己从回忆里走出来。

啊，下了，下了！一只只如小老鼠一般的小兔崽儿，在破棉

絮上，在母兔扯下来的绒毛里，慢慢地蠕动着，那些红红的光溜溜的肉团儿，真让人心生怜爱。

米小溪拿来一只小箩筐，先塞了一块破棉絮进去，然后把母兔扯下来的毛捡进小箩筐里，再把一只只兔崽儿放进了小箩筐里。米小溪数了数，一共有十只小兔崽儿。

米小溪开心地打量着这些小兔崽儿。多么可爱的小生命啊！它们闭着眼睛，轻轻地蠕动着，仿佛在享受刚刚来到这个世界的欣喜与快乐。

此刻，太阳已经偏西。

米小溪拄着双拐，背着背篓，出门去了。她要割一些青草回来，喂给这些可爱的兔子们。老玉米经常说："小溪，多割草，把兔子喂大，卖钱。你上学要花不少钱。"其实，听到这话的时候，米小溪心里总不是滋味儿。老玉米不在的时候，她会小声嘀咕："我有钱，都被你私吞了。"

米小溪的确很勤劳。从小，爸爸妈妈就教育她："一个人，只有勤劳，才能过上好日子。"这几年来，米小溪和老玉米生活在一起，她知道，老玉米之所以能一个人支撑一个家，日子还过得不错，原因就在于她的勤劳。老玉米除了吃饭睡觉，就是在地里做活儿，种了稻谷种红薯，收了小麦收玉米……一年到头，她总在忙碌之中。老玉米经常对米小溪说："小溪，今天你哄地皮，明天地皮就哄你的肚皮。"这是多么简单易懂的道理啊。

此时，米小溪正在一块菜地里割青草。菜地里的青草，长得旺旺的，嫩嫩的，因为菜地通常都不会缺水缺肥。米小溪割青草的时候，会在两膝上裹上厚厚的绑腿儿。这绑腿儿是老玉米给她做的，里层是软软的棉絮，外层是防水的塑胶，这样，米小溪就可以双膝跪在地上割青草。因为米小溪没有右小腿，不方便像一

般人那样蹲着割。

米小溪割青草的时候，老黑狗木木便蹲坐在田埂上，仿佛一名忠诚的卫士，为米小溪保驾护航。

满满的一背篓青草，着实有些难为米小溪。米小溪得把它挪到较高的位置，然后再站起来，半蹲下，才能把这一背篓青草给背起来。背着青草，拄着双拐，虽然很吃力，但米小溪感到很满足，那些可爱的兔子们，可以有嫩嫩的青草吃了。

米小溪回到家里的时候，老玉米也回来了。

“哎哟哟，你看你看，又把裤子弄脏了，浪费肥皂啊。”老玉米指着米小溪的裤子说。

其实，这个时候，米小溪最需要的，不是老玉米的唠叨，而是希望老玉米帮她一把，把她背上那装满了青草的背篓接下来。然而，老玉米仿佛没看到米小溪背上那满满的一背篓青草，自顾自地唠叨着：“本来该多喂几只兔，可我就一双手一双脚，天天忙得团团转，我如果早早地累死了，哪个来养你。你也要好好学做事，将来，这几间瓦房，都是你的。”

这些话，老玉米不知道在米小溪面前说过多少次了。几年前，米小溪还小的时候，听老玉米说这样的话，她曾答道：“三爸，将来，我不住在这里，我要到城里去。”

哪知，米小溪的话还没说完，老玉米便嘲笑道：“到城里生活？就凭你？走路都不利索，哪个会接你到城里生活？农村姑娘要嫁到城里，先得看模样长得好不好看。”

当年，老玉米这一席话，让米小溪难过了好久。

每当听到老玉米说“将来，这几间瓦房，都是你的。”时，米小溪便会陷入迷茫……

自己真要一辈子生活在这里吗？天堂村，一个多美丽的名字。然而，生活在天堂村的人们幸福吗？如果幸福，他们怎么会一个接一个地跑到外地去打工？他们怎么会一家接一家地搬到镇上甚至城里？他们怎么会在搬走之后便不再回来？村头的黄桷树，村里的小路，村里的花花草草……或许已经从那些人的心里删除了。

如果真在天堂村生活一辈子，怎么办？几间瓦房倒是能住，房前屋后的菜地倒还肥沃，每年喂养着这些兔子，也可以换回一些买油盐酱醋的零花钱……可是，一想到将来要拄着拐，行走在崎岖的山路上，行走在田间地头，还要拼命地肩挑手提……米小溪害怕了，她对未来感到迷茫。

晚上，米小溪收拾好碗筷，便开始打扫兔屋。她要把兔子们吃剩的草茎清扫出屋子，这可不是一件轻松的活儿。米小溪扫地的时候，没有拄双拐，完全靠左腿的力量在支撑。她拿着扫把，在屋子里跳来跳去，把屋子的每一个角落都打扫得干干净净。

这间兔屋，每周打扫一次，这项任务是属于米小溪的。几年前，米小溪刚来这里的时候，老玉米把这项任务安排给米小溪："小溪，这间屋子由你来打扫，一周打扫一次，要把屋里所有的垃圾都弄到外面屋檐下。这些垃圾凑起来，可以当肥料。"

最初，米小溪觉得这是一件非常难做的事情。兔子吃剩的草茎，再混合上兔子们拉的屎和尿，真是臭气熏天啊。一开始，米小溪总是一手捂着鼻子，一手扫地。渐渐地，米小溪习惯了这种味道，也开始享受把屋子打扫干净后的快乐。

打扫干净了兔屋，米小溪便回到了自己的房间，开始做作业。这时候的米小溪，极为安静，她完全沉浸在自己的世界里。米小溪的成绩在班里只属于中上等，但她很努力，有些作业，米小溪不会做，但她会努力地思考，哪怕最终还是找不到最佳答

案。她觉得，在努力学习的时候，可以忘掉一切，忘掉那些时不时朝自己袭来的恐惧与阴影……

第二天是星期天。太阳躲进了云层，是农人到地里干活儿的好时间。上午，老玉米带着米小溪来到了地里。

这块地，不是老玉米的，它的主人已经搬到城里，好些年没回来过，老玉米便把它占为己有。天堂村里，这样荒芜着的土地，真是太多了，谁愿意多种，都可以随意找到几块这样的地，没有人会说你多占地。大片大片的土地荒芜着，看着真是可惜！

老玉米选的这块地，很平整，离那个常蓄着水的池塘很近，很适合种庄稼。

老玉米给米小溪安排的任务，是把她深挖过的泥土，用小锄头捣细，越细越好，她要在上面播撒菜种。这块土，几年没有人种，已经硬结得像一块钢板了。老玉米一锄一锄地深挖起来，显得非常吃力。她甩开双臂，把锄头举得高高的，然后用力挖下去，再使劲一拗，一大块泥，便被她翻转过来。

米小溪则跟在后面，跪在地里，用小锄头，一锄一锄地把那些大块的泥捣细。

没多大一会儿，老玉米和米小溪都累得大汗淋漓。

“这活儿，我一个人都能做。你没来的时候，就是我一个人的事。”老玉米说，“带你来，是想让你学会做这些活儿，将来，你还得要自己养活自己……”

老玉米又开始唠叨起来。米小溪没有听老玉米的唠叨，她开始想自己的事情：“那个本山大叔，下周还会拿自己的拐去叫卖吗？那个向涛，下周还会给自己写纸条吗……我想唱歌，可是……”

“哎哟哟，做事麻利点，做事麻利点，你这样子，以后哪个来养你？”老玉米见米小溪在走神，吼了起来，“吃饱了饭就要长力

气，你来挖这板土试试，以后你得守着这土地哭。”

米小溪在想那些事情的时候，的确是放慢了做事的速度，这肯定逃不过老玉米的眼睛，她以为米小溪在偷懒，便大吼起来。米小溪回过神来，又开始认真地干活儿。

老玉米和米小溪都没有说话。老黑狗木木蹲在田埂上，望着远方。米小溪的思绪，又走远了……在那很远很远的地方，有自己的故乡……那个美丽的小镇……那些可爱的同学……

“啊——”米小溪尖叫一声。

听到米小溪的尖叫，木木立即站起身来，望着米小溪，仿佛在关切地问：“怎么了?”

老玉米也转过头来，问：“挖到脚了?”

是的，米小溪一出神，锄头挖到自己的脚了。

见米小溪没有回应，老玉米放下锄头，来到米小溪身边，一把抓起米小溪的左脚，说：“别再挖断了这只脚。”

米小溪用的是小锄头，她使的劲儿也不够大，锄头是先落在泥块上，再跳到了米小溪的脚上，所以，她的脚趾只破了点儿皮，虽然出血了，但伤得不严重。

“这也疼？别阴阳怪气的。”老玉米放下米小溪的脚，又挖板土去了。

午饭后，米小溪如往常一样，该返校了。

“木木，走。”米小溪轻唤木木。米小溪带着木木，没有去村头，却朝后山走去。

后山上，有一块大岩石，站在大岩石上，你若是对着对面的大山大喊一声：“啊——”那么，这一声便会在山谷间回响：“啊——啊——啊——”回响声越来越弱，弱到最后，便听不见了。

米小溪带着木木，爬到了一块大岩石上。米小溪和木木依偎

着，坐在大岩石上。

“木木，我们唱歌吧。”米小溪拍了拍木木的头说。木木仿佛听懂了米小溪的话，它伸出舌头来，舔了舔米小溪的手，以示回应。

“木木，我唱《卓玛》吧。”米小溪对木木说，“你一定要认真听哦。”

木木绝对是米小溪最忠实的粉丝，这些年来，它总是非常认真地听米小溪唱歌。

你有一个花的名字
美丽姑娘卓玛拉
你有一个花的笑容
美丽姑娘卓玛拉
你像一只自由的小鸟
歌唱在那草原上
你像一只飞舞的彩蝶
闪烁在那花丛中
啊，卓玛
草原上的格桑花
……

米小溪站起身来，一边舞蹈着，一边歌唱：

……
你把歌声献给雪山
养育你的雪山
你把美丽献给草原
养育你的草原
啊，卓玛

啊，卓玛

草原上的姑娘卓玛拉

……

米小溪舞得很辛苦，她单脚支撑着整个身体，手上的动作也不能打得太开，否则很容易摔倒。木木站起身来，仰着头，看着米小溪舞蹈。

米小溪舞得很认真，也舞得很幸福。也只有这一方小小的舞台，才能让米小溪尽情地歌唱，尽情地舞蹈。她对着大山歌唱，对着大山舞蹈。这里，没有谁会嘲笑她，没有谁会挖苦她。木木伴在一旁，听米小溪歌唱，看米小溪舞蹈，它和米小溪一样认真，一样幸福。

大岩石边上，生长着一些红籽。初秋时节，红籽儿已经开始泛红。那些小小的果子，一簇簇，拥在一起，仿佛在窃窃私语。米小溪把鼻子凑近红籽，闭上眼睛，深吸了一口气，红籽儿的清香，沁人心脾。

上不去的舞台

傍晚时分，米小溪坐在学校外的小河边上。河水潺潺地流淌，时不时有几只鱼儿露出水面，在米小溪面前晃了一下，又飞快地沉下水底去了。

米小溪坐在一块大大的鹅卵石上，静静地看着河面。微风拂来，河水轻漾，一股温热的气息，扑面而来。山区的小镇，白天虽然很热，但一到了傍晚，气温降下来，也就凉爽了许多。

在这温热的气息中，米小溪嗅到了一股带着中药味儿的幽香。是什么香味儿呢?

噢，不远处，有一棵芙蓉树，树上的芙蓉花开了。大朵大朵的白芙蓉花，绽放在枝头，骄傲，冷艳，是米小溪所喜欢的。

米小溪的目光，掠过河面，飘向了河的对岸，抑或是河那边的高山上，抑或是更远的地方……小河水，向远方流去。此刻，米小溪很想如诗中的画面一样，乘一叶扁舟，向远方驶去。在远方，在远方的远方，是不是会有快乐与幸福?

“小溪，你在这里呀，我找你呢。”

杨梅来了，她靠着米小溪，坐了下来。

“嗯，找我？有事吗?”米小溪问。

“我从办公楼路过的时候，听到音乐老师对皮老师说了一句

‘让米小溪去独唱一首歌吧，她的嗓音很不错’。如果我没听错的话，是他们想把你搬上舞台呢。不是马上就要国庆了吗？”杨梅说。

米小溪没有说话。杨梅知道，米小溪不说话，是表示拒绝。开学虽然才半月有余，但杨梅对米小溪也有些许了解了。平日里，米小溪话不多，聊到学习的时候，她还可以和同学们简单地聊几句，如果涉及生活，尤其是涉及家庭的时候，米小溪便会沉默，或者独自离开。米小溪赞同某一件事情或某一种说法的时候，她会微微点头示意。如果她反对什么，便会以沉默来表示。

“小溪，其实，我觉得，你可以去试一试呢，你唱歌真的好听。”杨梅说，“音乐课上分组小合唱，你的歌声最动听。”

“我唱得不好，人家会笑话。”米小溪小声说。

“可不是像你说的那样，从小学到初中再到高中，我所有的同学里面，你唱的是最好的。”杨梅说，“还记得初二的时候，学校举行卡拉OK比赛，我们班有一个荒腔走调的同学竟然也报名参赛，在预赛的时候就被刷下来了。但是，我们负责节目的团委书记看上了他的搞笑本领，特意点名让他参加了学校的艺术节，担任小品里的主角，结果，他的演出引爆全场，快把我们的肚子都笑破了。”

“人家有把人搞笑的本事呀，我什么也不行。”米小溪说。

“才不是呢！那天，你唱《卓玛》给我听，你唱得很深情。你的歌完全可以感动台下的人。”杨梅说。

“哎！”米小溪轻叹一声，目光由河面移到了自己的空裤管上。

细心的杨梅赶紧岔开了话题：“小溪，我特别喜欢我们学校，就因为她在小河边上。你喜欢吗？”

“我喜欢这条小河。”米小溪仿佛答非所问。

是啊，米小溪刚来这里上学的时候，心里有一种说不出的陌生感和恐惧感。尤其是赵小山的卖拐事件发生后，她有一种想逃离这所学校的想法。

米小溪曾站在离校门不远的林荫道上，观察着进出校园的同学。观察了几天，米小溪发现，全校可能就只有她一个人拄着双拐，别的同学都是四肢健全的人。米小溪又联想到，估计全校就只有她一个人不用做课间操。

其实，全校想逃掉课间操的同学肯定不少，他们要么躲在教室里，要么躲在厕所里，要么躲在别的隐蔽的地方，就是不想到操场上做枯燥的课间操。可是，这些逃课间操的同学哪里知道，每次课间操，高一（1）班的教室里，都会坐着一个特别想做课间操的女孩，她特别渴望像同学们一样，在校园里飞跑，在队列中伴着广播体操音乐的节奏，伸展，下蹲，转体……

有时候，米小溪会觉得，自己像一个怪物一样行走在这个校园里。她甚至觉得，所有的人都朝她投来鄙夷的目光，所有的人嘴里都在说“看，那个瘸子。”

所以，米小溪特别想逃离这所学校。

开学第二周的一天中午，米小溪随着走读生回家吃饭的队伍，真的从学校逃了出来。她拄着双拐，走得很快，走得大汗淋漓，走得气喘吁吁……米小溪不知道自己将逃向哪里。

逃回天堂村吗？三爸一定会大声地责骂自己：“当初，我说你不去上高中吧，你死活不肯，非要去。现在好了，交了一学期的学费和住宿费，你又跑回来了！”

逃到别的地方去吗？自己瘸着个腿，能逃到哪里去？能养活自己吗？会遇到些什么样的不可克服的困难呢？如果遇上坏人怎么办？

到底应该逃到哪里去呢?

不知不觉间，米小溪来到了小河边上。小河拦住了米小溪的去路。米小溪坐在一棵黄桷树下，望着平静的湖面，发了一会儿呆。随后，米小溪百无聊赖地捡起地上的小石头，朝小河扔去。

“咚——”河面被小石头激起一朵朵小浪花，一圈圈涟漪，在河面上荡漾开来。

过了一会儿，河面上又恢复了平静。

啊，水鸟！中午时分，这么热，它竟然在水面上飞行，还蜻蜓点水一般，是想捕到河里的小鱼吗？它一定是饿坏了吧？米小溪可怜起这只水鸟来。那么小的一只鸟，在这么炎热的中午，独自在河面上捕食，它没有爸爸妈妈吗？没有同伴吗?

米小溪想到了自己……

啊，水鸟真的捕到了一条小鱼，它欢快地飞走了。米小溪一下子从回忆中醒过来。这条小河，是水鸟的舞台，它可以在这个舞台上成功，自己为什么不能在自己的人生舞台上成功呢?

米小溪喜欢上了这条小河。有时候，在学校食堂吃过晚饭，她会来到小河边上坐一坐，感受小河的气息，让河风拂过脸颊，拂走心中的苦闷。

所以，米小溪面对杨梅的问题时，她回答说：“我喜欢这条小河。”

杨梅站起身来，把穿着凉鞋的脚，浸进了河水里。

“真凉爽啊！”杨梅说。

米小溪也起身来，单腿跳了几步，在杨梅的搀扶下，她跳进了水里，河水刚好没过她的脚背。

“来，小溪，我来帮你浇水。”杨梅一边说，一边俯下身去，用手拍着水，水花朝米小溪飞来。

“呵呵——”水花扑到了米小溪的脸上，痒痒的，米小溪开心地笑了。

米小溪蹲下身来，一手支撑在河滩上，一手拍着水，她要反击，让水花也溅到杨梅的身上。

“哈哈，小溪，你这是以牙还牙啊，不过我喜欢。”杨梅说，“来吧，来吧，让我们都成为落汤鸡吧，哈哈哈——”

米小溪和杨梅都成了落汤鸡，她们体验到了进入高中以来所没有的快乐时光。高一的学习生活，虽然不如高三那么紧张，但各科老师都管得严，作业布置得多，也催得急，所以，同学们都感觉很紧张，用杨梅的话来说：“这高一呀，天天都是初三生活。”

在回校的路上，米小溪和杨梅从那棵芙蓉树下经过。

“小溪，你看，多美的芙蓉花！”

“嗯，很美！”

“它们就像你一样，骄傲，冷艳。”

听到“骄傲”和“冷艳”，米小溪心里一惊：“杨梅果真是知心朋友啊！与我对芙蓉花的感觉惊人的一致。不过，我骄傲了吗？我冷艳了吗？”

米小溪从小河边上回到教室里，从桌肚里拿书的时候，发现了一张纸条，是向涛写的，内容是：

你的歌声很动听，我希望在国庆节的联欢会上听到你婉转的歌声。

米小溪没有说话，只是默默在把纸条夹进了笔记本里。

这两天，学校正在统计各班参加国庆联欢会的节目情况。班里的文娱委员来到米小溪身边，说：“米小溪，刚才我们召开了班委会，一致推荐你来一个独唱。你可是音乐老师特别点名推荐的对象哦。”

米小溪没有说话。文娱委员也不好再多说什么。

第二天大课间的时候，同学们都到操场上做操去了，只剩下米小溪在教室里。皮老师来了，他对米小溪说："米小溪，在这里学习还习惯吧?"

"习惯。"米小溪点了点头。

"如果有什么需要我帮忙的，可一定要说哦，别客气。"皮老师微笑着说，"班主任就是同学们的保姆，一定为同学们服好务。"

"……"米小溪没说话，她不知道说什么好。

"米小溪，我们召开了一个班委会，我们班想把一个重大的任务交给你呢，大家都觉得这个任务只有你能完成。"皮老师说。

"哦。"

"音乐老师和同学们都说，你的歌声特别动听。我想，让全校的老师和同学们都听听你的歌声吧，相信你的歌声一定会给他们带来美好的享受。"皮老师说，"若不是他们提起，我还不知道我们班里还有一只百灵鸟儿呢，哈哈哈!"

米小溪低着头，没有说话。

"米小溪，在联欢晚会上，你就选你最拿手的歌来唱吧。我听杨梅说，你特别爱唱《卓玛》，我们就报这首歌到学校的节目组去，好吗?"皮老师说，"不过，这些都得征求你的意见，如果你同意，我们就这样报上去。如果你不同意，我们再排练另外的节目。"

米小溪还是没有说话。

"米小溪，你好好考虑一下，明天早上回答我'yes' or 'no'，好吗?"皮老师说。

"嗯。"米小溪点了点头。

到底要不要去学校的舞台上唱歌呢?

米小溪特别想去。小学的时候，米小溪能歌善舞，她不仅是校园里的百灵鸟，而且还被学校评为“小小舞蹈家”，一直到小学五年级……那场灾难，毁了米小溪的梦……

米小溪害怕登上那个大大的舞台。拄着双拐，可以走上那样的舞台吗？台下的老师和同学们，会听她唱歌吗？会不会只盯着她那空空的裤管看？

那晚，回到寝室后，米小溪简单地写了一则日记：

皮老师，我知道您是为我好，您是想让我在舞台上展示自己的精彩，向人们证实我的价值所在。然而，我真的害怕，害怕那一双双盯着我的瘸腿看的眼睛，害怕那那一副副不屑的神情，害怕……

我害怕自己不能登上舞台，因为，我已经没有了登上舞台的完美形象。

皮老师，原谅我！

写完日记后，米小溪把向涛送给她的纸条拿出来，在上面写了一句：

谢谢你！但是，请你原谅我！

米小溪把这张纸条夹进了日记本里。

夜半时分，睡在上铺的杨梅听到了米小溪辗转反侧的声音，还有米小溪轻轻的叹息声。

杨梅干脆爬到了下铺，和米小溪睡在了一起。

“小溪，如果愿意去演出，我一定支持你。如果你真不愿意去，我也理解你。好好睡觉，明天可别成大熊猫。”杨梅说完，轻轻地拍着米小溪的背，像哄婴儿睡觉一般。

有杨梅的陪伴，米小溪心安了许多。不久，杨梅便听到了米小溪均匀的呼吸声。

晚上，米小溪做了一个梦，梦见自己走上了彩灯照耀的舞

台，一边唱歌，一边舞蹈……米小溪梦见自己赢得了阵阵掌声，赵小山还上台去给自己献了花……

第二天，在上课之前，米小溪来到办公楼，在皮老师的办公室门前徘徊。

“米小溪，你是来找我的吗?”皮老师从办公室里出来了，他微笑着和米小溪打招呼，“快上课了，我们边走边聊，一起去教室吧。”

皮老师和米小溪并肩走在办公楼通往教学楼的林荫道上。

“米小溪，是不是愿意代表我们班登台演出了?”皮老师问。

“嗯。”米小溪说。

“哎哟，真是太好了！”皮老师说着，快走几步，然后转过身来，面向米小溪，说，“米小溪同学，我代表我们班的班委们，向你表示感谢！感谢你对我们工作的支持！”

皮老师说得一本正经，惹得米小溪情不自禁地笑了：“呵呵——”

天堂村。木木穿过那片茂密的楠竹林，来到黄桷树下。木木蹲在黄桷树下，望着那条下山的小路。

米小溪拄着拐，艰难地行走在山路上。山路旁的红籽，米小溪上一周离开的时候，它们还刚泛红，现在，它们已经开始染红山林。米小溪摘下一颗红籽，放进嘴里，细细地嚼着，红籽涩涩的。

继续前行吧，不管生活如何苦涩，不管道路如何艰难，都得继续往前走。米小溪拄着双拐，继续前行。

“汪汪——汪汪——”

“木木，木木——”

木木终于等到了米小溪。

“木木，我要登台唱歌了。我要去唱《卓玛》。”米小溪抱着木木，唱了起来，“啊，卓玛——啊，卓玛，草原上的姑娘卓玛拉……”

“汪汪——汪汪——”木木好像听懂了米小溪的话，它“汪汪”地叫着，或许是在表示赞同吧。

下了公共汽车，走了一个多小时的山路，米小溪也累了，她放下双拐，靠着黄桷树，坐了下来。木木蹲在米小溪的身旁，用头去蹭米小溪的脸。是啊，又是五六天没有见到米小溪了，木木一定十分想念她呢。

休息了一会儿，米小溪大声地唱了起来：

……

你把歌声献给雪山

养育你的雪山

你把美丽献给草原

养育你的草原

啊，卓玛

草原上的姑娘卓玛拉

……

“哎哟哟，高声大气儿地唱啥呀，唱歌能唱出吃的还是穿的？如果光唱就什么都有，我也愿意坐在这里唱。真是闲的！”

不知什么时候，老玉米已经站在米小溪的身后了。

米小溪停止了歌唱。

“回去煮饭。”老玉米说，“我去挖土。”

唉，这老玉米啊，整天都在地里磨，她什么时候才能把地里的活儿做完呢？估计永远也做不完。

米小溪起身来，拄着双拐，朝家里走去。

这次，老玉米的话，丝毫没有打击到米小溪，因为米小溪心里充满了期待，这种期待，仿佛一团火焰，在米小溪的内心熊熊燃烧着，不会轻易被浇灭。走到屋子旁的那片楠竹林的时候，米小溪背靠着一根楠竹，再拍了拍另一根楠竹，说："楠竹楠竹，你知道吗，我要去学校的舞台上唱歌了。"

米小溪又闭上双眼，嗅了嗅楠竹，那缕缕竹香，让米小溪感到很满足。

回到家里，米小溪一边唱歌儿，一边做饭。老黑狗木木则一直跟着米小溪，米小溪到地里摘菜它跟着，米小溪到厨房里生火它跟着，米小溪进里屋舀米它跟着……总之，它一直跟在米小溪身边，还不停地摇着尾巴。对木木来说，在这天堂村，只有米小溪和它最亲。

"木木，我唱的歌儿好听吗？"米小溪问。

木木尾巴摇得更欢了，好像在说："好听！好听！我喜欢听！"

淘米下锅后，米小溪坐在灶台前，又开心地唱着歌儿。木木则躺在米小溪身边，眯着眼睛听，一副很享受的样子。

"唱，唱，唱，你吃饱了饭就知道唱。"老玉米不什么时候进屋来了。米小溪停止了歌唱。木木也起身来，灰溜溜地跑出去了，它以为老玉米在训自己呢。

老玉米继续唠叨着，"你再怎么唱，也唱不出个名堂来。一天唱来唱去的，能唱出几斗米来？让你饿几天，看你还有力气唱。"

米小溪低着头，只管往灶膛里填柴。

"哎哟，能不能省着点儿？"老玉米又唠叨开来，"塞那么多柴进去，你以为砍柴是轻巧活儿？你明天去柴山里砍几捆回来试试？"

吃午饭的时候，老玉米一边往嘴里扒饭一边说："下午，你先做作业，再出去割草，这几天我都忙，你多割几背篓。"

米小溪明白，她得多割一些青草回来存着，否则，兔子就得饿肚子了。

收拾好碗筷，米小溪便抓紧时间做作业。老师布置的作业，对米小溪来说，太多也太难。米小溪不是尖子生，解不开那么多的难题，但是，她会认真对待每一道习题，会尽量按自己的思路去做，不管能否做对，因为米小溪是一个做事认真的女孩子。

下午五点多的时候，米小溪背着背篓出门了，木木紧随在米小溪的身后。

噢，这条田埂上的青草，长得真茂密，还嫩嫩的。米小溪跪下来，一边割青草，一边哼着歌儿。木木趴在一旁，看着米小溪割青草。

"哎呀——"米小溪一声尖叫。

不好了，米小溪为了割到土坡上的青草，努力地向下探着身子，哪知一不留神，整个人都栽进了田里。

"汪汪——汪汪——"木木也急了，它大叫起来。

"木木，不着急，我能爬上来。"米小溪招呼着木木。

"哎哟，你是哪辈子造的孽哟，都残成这模样儿了，还出来割草。啧、啧、啧，老玉米也真是狠心咯，她白捡回来一个做事的人，还真是好。来，我拉你一把。"

说话的是一个年近七十岁的老太婆，她说话的时候，咬牙切齿，一副很不满意的样子。

就在这时候，木木朝着老太婆"汪汪"地叫了起来，很凶恶的样子。

"你这死狗，哪天看我不整死你！"老太婆又恨恨地说。

老太婆把话说完，便俯下身，伸出手来，拉了米小溪一把。别看这老太婆白发苍苍，力气可够大，米小溪被她一把就拉了起来。

“谢谢姜婆婆！”米小溪说。

“不谢不谢，不要说是我把你推水田里的，就对得起我了。”老太婆说完，就走了。

这个姜老太婆是米小溪家的邻居，和米小溪家共用一块晒坝。那家还有一个近七十岁的姜老头。姜老太婆年轻时泼辣至极，尖酸透顶，喜欢有事没事就找谁骂一顿，大家都觉得她不好相处，却又斗不过她，便叫她老辣姜。姜老头和姜老太婆育有一女，嫁得很远，一年难得回来一次。而今，姜老太婆虽然年纪大了，但泼辣依旧，时不时会出来和老玉米斗一斗。

偏偏就在姜老太婆还没走完那截田埂的时候，老玉米扛着锄头朝这边走来了。老玉米见米小溪湿了衣服和裤子，正坐在田埂上洗着那只鞋上的泥，她狠狠地盯了姜老太婆一眼，吼道：“你别这么昧良心啊，我们家小溪怎么禁得起你推。你想淹死她是吧，她命大，你门儿都没有。”

这老玉米啊，出口就像连珠炮一样，朝姜老太婆射去。

“哎哟哟，想讹我是吧？我要整死她，也不至于推到这块田里吧？我不如在她砍柴的时候，推她下山。”姜老太婆的嗓门并不比老玉米小，她捶着自己的胸膛，吼道，“你以为我这心是煤炭做的啊？黑得水都洗不干净了？你们家小溪的脚也怪我整断的是吧？你赖上来啊，你赖上来啊，找我赔偿啊。”

“就找你赔！你这样的人，哪样坏事做不出来？离我们家小溪远点。”老玉米挥着锄头，一副十足的泼妇样儿。

“哼！你怕我把这丫头整死了，你就拿不到国家的补助款了是

吧？你倒是好，弄了个带着工资的丫头来，帮你做事不说，还每个月发给你工资。”姜老太婆的声音越发大了，“只怕你享福享早了，阎王爷找你算账，打你进十八层地狱！”

“你这块死老姜，看我不挖死你！”老玉米说完，举起锄头，朝姜老太婆奔去。

姜老太婆可不是傻瓜，她不愿意吃眼前亏，她踮着脚尖，迈着小碎步，飞快地跑了。

“老不死的！”老玉米咬牙切齿地骂了一句。

姜老太婆逃跑了，老玉米的气没处发泄，便对米小溪唠叨起来：“看你这点出息，将来我没了，看你拿什么养活自己。你就不能长点出息？非得要那块老辣姜来笑话你？要不是你这副败家模样，她敢在我面前这样嚣张？赶快回去换身衣服，再去山上把我前些天砍的柴背回来，我还要去挖土。”

米小溪含着泪，回到家里，换了一身干净衣服，背着背篓，拄着拐，上山去了。

米小溪把老玉米砍的柴装进背篓后，便爬上了那块大岩石。木木也跟着米小溪爬了上去。

米小溪坐在岩石上，她想唱歌，可是唱不出来。米小溪摸着自己的空裤管，暗自神伤。为什么会这样？生活为什么要折磨这个可怜的孩子？命运为什么要捉弄这个热爱歌唱的孩子？米小溪多想放声歌唱啊，可是，她真的唱不出来。这可是属于米小溪一个人的舞台呀！多少次，她在这一方舞台上，唱着，跳着，木木为她欢呼，大山为她鼓掌，山谷为她喝彩……可今天，米小溪在自己的舞台上，却不敢放声地歌唱。

木木蹲在米小溪身边，它伸出舌头来，轻轻地舔着米小溪的手。米小溪抱着木木的头，哭出声来：“木木……呜呜呜……”

哭了好一会儿，米小溪擦干眼睛，起身来，对着对面的大山，唱了起来：

……

你有一个花的名字

美丽姑娘卓玛拉

你有一个花的笑容

美丽姑娘卓玛拉

……

米小溪唱不下去了，她蹲下身来，捂着脸，继续哭泣。

返校了。米小溪坐在公共汽车上，一直在问自己同一个问题：“该不该登台去唱歌？”

想着想着，米小溪流泪了。想着想着，米小溪睡着了，她做梦了——

舞台上，伴着优美的旋律，自己唱啊，跳啊，台下响起了热烈的掌声……餐桌上，摆着丰盛的饭菜，还有一个生日蛋糕，上面插着十一支蜡烛……啊！飞沙走石……地动山摇……天昏地暗……房倒屋塌……撕心裂肺……

“下车了，下车了——”一个声音把米小溪从噩梦中拉了回来。

米小溪擦了擦眼泪，拄着拐，下了车。

“小溪，好巧啊，我也刚下车。”杨梅拉着米小溪的胳膊，高兴地说。

“嗯。”米小溪勉强应了一句。

杨梅看出了米小溪的不开心，她说：“小溪，怎么了？是不是你三爸又说你什么了？别和她一般见识，就当她是一个粗人，呵

呵。”

“嗯。”米小溪又应了一句。杨梅和米小溪肩并着肩，朝学校走去。

米小溪要登台演出的消息，很快就在班里传开了。

“知道我们班谁去演出吗?”

“不知道啊，是哪位大神呢?”

“不是大神，是小家碧玉的米小溪同学。”

……

同学们在议论。

米小溪拄着拐，出了教室。她不想听到这些议论。

“哈哈，这回真的要上台去卖拐了呢。”赵小山笑着说，他的声音很大，整个教室里的人都可以听得见。

“本山大叔，这回可轮不到你卖拐了，那可是人家的专利哟。”吕寒顶了赵小山一句。

“切，谁稀罕卖那拐啊? 真卖吧，也值不了几个钱。”赵小山一副嗤之以鼻的神情。

就在这时候，一个大大的纸团，朝赵小山飞去，正好砸在他嘴上，然后又掉到了地上。

“哈哈哈，赵小山，这是在提醒你，闭上你的臭嘴!”向涛说话了。

“哼，你不说话，谁会把你当哑巴给卖了?”杨梅补上一句。

刚才那个纸团儿，是向涛掷过去的，掷得可真准。

赵小山捡起地上的纸团儿，朝吕寒掷去，然后说:“女汉纸，你说得很对，这回，轮不到我卖拐了，因为有人帮她卖拐。这纸团，当是给你的奖励吧，你这张乌鸦嘴，还说对了一次话。哈哈哈!”

“哈哈哈!”

几个无聊的同学也大笑起来。

其实，米小溪并没有走远，她就站在教室门外。听到赵小山和吕骞的对话，米小溪咬了咬牙……

国庆文娱汇演的时间，很快就到了。演出的前一天，皮老师问米小溪："米小溪，还需要到何老师那里去排练一下吗？"

米小溪摇了摇头。皮老师说："好的。米小溪，我们的舞台会因为你而更加美丽！。"

演出前一个小时，一切准备就绪。米小溪已换好演出服，化好了妆。

"哎，小溪，穿上这身衣服，你更漂亮了！"杨梅拉着米小溪的胳膊，开心地说。

米小溪很勉强地笑了笑。杨梅看出了米小溪笑容里的勉强，说："小溪，记住我们都在为你加油哦！"

米小溪的手里，攥着向涛写给她的纸条：

米小溪，我会一直为你鼓掌！

在演出前，米小溪去了趟卫生间。从卫生间里出来的时候，米小溪被长长的演出服绊住，摔倒在地上。

"哟，这个瘸子也要上台啊，真不怕丢人现眼。"

"嘘——"

"哟，还怕伤自尊。"

……

尽管这俩人的声音很小，但还是被米小溪听到了。

"……瘸子……也要上台啊……真不怕丢人现眼……瘸子……也要上台啊……真不怕丢人现眼……瘸子……也要上台啊……真不怕丢人现眼……"

这话一直在米小溪的耳边回响，这声音仿佛越来越大。米小

溪简直受不了，她捂住耳朵，蹲了下来。

“……接下来，请大家欣赏舞蹈《月光下的凤尾竹》……”

主持人的声音，从话筒里传了出来。米小溪知道，再过两个节目，就该自己上台演唱了。

“不！我不能去！我不能去丢人现眼！”米小溪在内心呼喊着，“那不是我的舞台，那是我永远也上不去的舞台。”

米小溪拄着拐，朝着与舞台相反的方向走去……

老玉米的悲哀

黄桷树下。

米小溪像以前一样，把双拐靠在黄桷树的树干上，她坐在黄桷树裸露的根须上，靠着树干，望着对面的大山。

木木依偎在米小溪的身旁，紧紧地，它仿佛知道米小溪在伤心。米小溪的手里，有一枝红籽丫枝，那是她在回来的路上折的。米小溪捋下一些小小的如珍珠般的红籽儿，塞进木木的嘴里，说："木木，尝尝。"

木木嚼了嚼红籽儿，又吐了出来。红籽儿的味道涩涩的，木木不喜欢。

"木木，你不喜欢红籽的涩涩的味道，你可以吐出来。而我，不喜欢生活的涩涩的味道，但我吐不出来。"

两行清泪，无声地淌过米小溪的脸颊。

国庆文娱演出那晚，米小溪从卫生间里出来，便躲进了寝室里。快到米小溪表演节目的时候，皮老师、杨梅、向涛等几个同学分头寻找米小溪，米小溪却把寝室门从里面反锁了。

"米小溪，你在里面是吗？"皮老师在门外喊。

米小溪没有回答。

“小溪，你的节目马上就开始了，你赶紧出来呀。”杨梅说。

米小溪没有回答。

“米小溪，我说过我会为你鼓掌的，我们全班同学都会为你鼓掌。”向涛说。

米小溪还是没有回答。

“米小溪，如果你不想上台唱歌了，也没关系，但是你要出个声儿，告诉我们你在寝室里，这样我们才放心啊。”皮老师有些着急了，他不知道米小溪在寝室里是什么情况。

“小溪，你说话呀。”杨梅急得快哭了。

“你们去看演出吧，我没事，我想睡觉。”米小溪说话了。

听到米小溪说话，皮老师、杨梅和向涛都舒了一口气。皮老师示意杨梅和向涛：“过这边来。”

皮老师把杨梅带到离寝室门稍远的地方，说：“我得赶紧去操场那边，请组委会调整节目，还要给班里的同学交代一些事情，你们俩在这里，和米小溪聊聊天，争取能让她把门打开。如果有什么事，及时派一个人来操场找我。”皮老师说完，便到操场那边去了。

在杨梅和向涛的劝说下，米小溪打开了寝室门。

或许是因为皮老师已经给同学们做过思想工作了，关于米小溪没有登台演唱一事，同学们只字未提。然而，这并不代表米小溪的内心是平静的。她不敢正视皮老师，不敢正视班里的同学，她总觉得大家都在用异样的眼光看着自己。

米小溪迫不及待地逃回了天堂村。

天堂村的木木不会嘲笑米小溪，天堂村的每一寸土地都不会嘲笑米小溪，天堂村的老黄桷树不会嘲笑米小溪，天堂村的那块大岩石不会嘲笑米小溪。

倚靠着黄桷树的米小溪，哭了……

木木蹲坐起来，伸出舌头，舔着米小溪的脸颊。不知道木木是否尝到了眼泪中那苦涩的味道?

“木木……”米小溪抱着木木的头，哭出了声。

哭了好一会儿，米小溪该回家做午饭了。

刚到晒坝，米小溪便嗅到了熟悉的味道——淡淡的幽幽的香。啊，一定是兰花开了。

晒坝边上，有几盆兰花，是米小溪在山里砍柴时找回来种上的。有一盆已经绽放开来，那几朵黄绿色的花瓣上，布满星星点点的紫色斑。米小溪俯下身来，把鼻子凑近兰花，闭上双眼，深深地吸了一口气。

兰花的花香沁人心脾，米小溪感觉自己的心情好了许多。这长相平平的兰花，看起来不美丽，不张扬，然而，它开出的花，却散发出别样的芬芳。米小溪想：其实，自己不就是一株被遗弃在山里的兰花吗？什么时候，自己才能开出花儿来呢?

“小溪，今天又堵车了？回来这么迟！”老玉米背着一背篓圆白菜回来了，她一边把背篓放下来，一边说，“我就不信每次都堵车，你肯定是睡懒觉了……”

“三爸，中午，你想吃什么菜?”米小溪打断了老玉米的唠叨。

“我想吃什么菜？地里有什么菜就煮什么菜。我想吃山珍海味儿，你能煮出来？腊肉剩得不多了，中午可以煮一点儿，省着点吃，人来客往的，还要留着招待。”唉，老玉米那张嘴呀！

其实，老玉米家的客人并不多。老玉米娘家的人，就只剩下米小溪了。那场可怕的地震，夺走了老玉米娘家所有亲人的生命，只剩下被截去一条小腿的米小溪。老玉米婆家的人，也没有和她走动。

米小溪在厨房里忙着煮饭，老玉米便在晒坝里打理刚背回来的圆白菜。

“哗啦——”一声响，老玉米把背篓里的圆白菜都倒在了晒坝里。

老玉米把圆白菜外层的青叶子揭掉，青叶子只能用来喂兔或喂猪。一个个圆白菜被老玉米装进了背篓里。这些圆白菜，老玉米要给镇上的餐馆送去，可以换回添置日用品的钱。

吃午饭的时候，老玉米吩咐米小溪：“小溪，下午你在家里做作业，然后把兔屋收拾干净。我要去镇上，给餐馆送圆白菜。”

下午，米小溪做完作业，便去收拾兔屋。

那些可爱的兔子们，仿佛都非常喜欢米小溪，它们蹲在地上，一边“嚓嚓嚓嚓”地嚼着青草，一边竖着耳朵，听米小溪扫地。

“哎哟，你要生小兔崽儿了。”米小溪蹲下身来，摸着脚边的一只母兔，它的肚子鼓鼓的，离生产的日子不远了。

母兔用它的三瓣唇轻轻地触摸了米小溪一下，便一蹦一跳地离开米小溪，钻到那个破背篓后面去了。或许，它是在为自己生产寻找合适的地方吧?

“玉——玉——”

一个令米小溪后背发凉的声音，在晒坝里响起。米小溪赶紧把兔屋的门给关上了。

“玉——玉——”

那个声音已经进屋了。

“汪汪——汪汪——”木木叫了起来。

“吼吼吼，老子打死你，煨汤。”那个声音恶狠狠地说。

“汪汪汪——”米小溪听到了木木的悲鸣。木木肯定是受到了

攻击，否则，它不会发出这样的声音。

米小溪顾不得那么多了，她打开兔屋的门，单脚跳了出来。

“哎哟，你老黑狗真没眼色，我都是常客了，它还不把我当自己人，还想咬我。”那人举了举手里那长长的旱烟杆，说，“我不打它，吓吓它。”

“哼！”米小溪在心里明白，那人的旱烟杆，烟嘴儿是铜制的，打人可疼了，木木一定是被他给打疼了，才发出那样的惨叫声。

米小溪拿过双拐，再背起背篓，说：“我要出去割草了。”

很明显，米小溪是在下逐客令，但这人却赖着不走。他说：“你去割草，我帮你看屋，放心，有我在，哪个强盗都不敢进屋。”

这人是谁？怎么这般无赖？

此人姓刘，五十多岁，是天堂村的半仙，整天打个算命的幌子，到处骗钱，村里村外的人都叫他刘半仙。刘半仙一直没娶上媳妇，他一直想打老玉米的主意，所以，经常到老玉米家来，说是来帮忙做事，其实是想混吃混喝，甚至还想成为这个家的当家人。

说起老玉米，其实也是个苦命的女人。

或许是命中注定，老玉米阴差阳错，从一个较为富裕的小镇嫁到山高地贫的天堂村来。老玉米嫁到天堂村七八年了，却一直没有生孩子，婆家的人骂她是“不生蛋的母鸡”，所以，她和婆家的人闹得如同路人。雪上加霜的是，在一次争吵中，老玉米的男人一气之下，悬梁自尽。用农村的风俗来说，老玉米八字大，是克夫的命，所以，后来人们给老玉米介绍了几个男人，人家都因为怕她是克夫命，而不敢娶她。

从此，老玉米独自为家，直到那场巨大的灾难把米小溪送到

了这里。

村里的刘半仙，这两年一直缠着老玉米。他三天两头朝老玉米家跑，还托过媒人来提亲，但老玉米就是不答应。

今天，刘半仙又来了，正巧老玉米不在家，她给镇上的餐馆送圆白菜去了。

“我要锁门了。”米小溪手里拿着钥匙和锁，对刘半仙说。

“哎哟，我都说我帮你看屋了，哪个强盗敢来啊？只要家里有个男人，谁也欺负不了你们。”刘半仙厚着脸皮，嬉笑着，让米小溪感到恶心。

刘半仙不走，米小溪也不敢出门，她可不相信刘半仙这样的人，可不敢把这个家交给他看管。

“咳咳咳——”

晒坝里响起了咳嗽声。这咳嗽声，很明显是在干咳，故意咳给人听的。

这个干咳的人，是米小溪家的邻居姜老头。姜老头从地里回来，扛着锄头，经过米小溪家屋门前的时候，听到了刘半仙的声音。

刘半仙也听到了姜老头的咳嗽声，他来到大门口，坐在一个木凳上，说：“哎哟哟，姜老哥，这么大年纪了，该休息喽！”

“咳咳——”姜老头又干咳了两声，也没转过脸来，应了一句，“我没有事就回来守自家的屋。”

姜老头说这话的时候，把“自家的屋”说得特别重。刘半仙或许也听出了姜老头的弦外之音，他笑着说：“姜老哥，我早就把这屋当成自家的屋了。”

这脸皮可真够厚的啊。

姜老头不再说话。他进屋去，端了一个木凳出来，坐在晒坝

里，然后拿出旱烟袋，开始裹旱烟。

刘半仙也从裤袋里掏出旱烟袋，准备裹旱烟。不过，刘半仙的旱烟袋里，已经找不出稍大一些的烟叶来裹旱烟卷儿了。刘半仙起身来，走到姜老头身旁，满脸堆笑地说："姜老哥，我来找点烟叶。"

姜老头看也不看刘半仙一眼，也不说话，只管裹自己的旱烟卷儿。姜老头吸旱烟不用旱烟杆，他直接裹一个紧实的旱烟卷儿，塞进嘴里，然后打火，深吸两口："叭嗒、叭嗒——"旱烟卷儿便被点燃。

见姜老头不理睬自己，刘半仙便厚着脸皮，从姜老头的旱烟袋里拿烟叶。姜老头也不说话，只管仰着头，一边"叭嗒、叭嗒"地吸旱烟，一边看着天空，假装没看到刘半仙拿自己的烟叶。

刘半仙也裹了一卷大大的旱烟卷儿。这人太贪心，裹的旱烟卷儿太大，竟然差点儿没能塞进旱烟杆的烟嘴儿里。

"哼！"姜老头斜着眼睛，瞥了刘半仙一眼，嘀咕了一句，"好歹你把这辈子的烟卷儿都抽完了就不用抽了。"

刘半仙或许没有听到姜老头的话，只听他使劲地"叭嗒、叭嗒"着，一副很过瘾的样子。

这会儿，米小溪已经关上了大门，把自己关在了家里。在屋里做作业的米小溪，时不时从窗户望出来，看刘半仙走了没有。可恨的是，那刘半仙一直抽着旱烟，就是不走。

"小溪，开门！大白天的，关在屋里干什么？"

老玉米回来了。她卖完了圆白菜，在回来的路上，还顺便割了一大背篓青草。她把背篓放下来，便开始使劲地拍着门。

米小溪赶紧把门打开，指了指刘半仙，说："三爸，那个人来好久了，赖着不走，我才关了门。"

“玉，回来了？我等你好久了。”刘半仙一见老玉米回来，便起身朝老玉米这边走来。

“呸——”姜老头啐了一口，提着凳子，回屋去了。

老玉米看也不看刘半仙一眼，便进了屋。那刘半仙脸皮真是厚到了家，他紧跟着老玉米进了屋：“玉，玉，我来好久了，我说我可以看屋，这丫头却偏要关门。”

老玉米径直穿过厨房，走进猪圈，拿起丫扫，开始扫猪屎。刘半仙也跟到了猪圈里，他靠在猪圈门上，伸出一只手来，嬉皮笑脸地说：“玉，我来帮你扫猪圈。”

见老玉米不搭话，刘半仙说：“要不，我先给你算一卦？”刘半仙装模作样地掐着手指，嘴里叽里咕噜地念着老玉米听不懂的话。掐算了一会儿，刘半仙说：“咦，你最近有喜事哦。是什么喜事呢？我再算算……哦，是要成亲呢……嘻嘻……夫家姓刘……”

老玉米被刘半仙的话激怒了，她终于忍不住，把丫扫举起来，悬在刘半仙的头顶。丫扫上的猪屎，滴落到刘半仙的身上。

“哎哟哟，把衣服给我弄脏了，你给我洗啊？”刘半仙笑着骂道，“你这没良心的，我要脱衣服了啊。”

刘半仙还动真格了，他脱掉了上衣，又准备脱下裤子。

“你敢耍流氓，我打死你！”老玉米挥动着丫扫，准备朝刘半仙打去。

刘半仙赶紧跳开，大声说：“不脱了不脱了。”随即，他又嬉皮笑脸地说：“不过，你要做晚饭给我吃。”

“那是粪桶，你挑粪去把我种的菜浇了。”老玉米指着放在猪圈一角的粪桶，对刘半仙说。

“好好好，这些菜长大了，是你的，也是我的，是我们家的。”刘半仙乐呵呵地挑着粪桶，准备出门去。

“喊，你还当真了？”老玉米从猪圈里跳出来，抓住刘半仙肩上的扁担，说，“滚出去！”

刘半仙却不生气，他放下粪桶，说：“玉，还是你心疼我，不让我做这种重活儿。”

“哼！一个大男人，不做重活儿，莫非还做针线活儿？真不要脸！”老玉米一边骂着，一边出去了。刘半仙像一只狗一样，跟在老玉米的身后，一边跑一边喊：“玉，玉——”

米小溪真是受不了刘半仙，她拍了拍木木的身子，说：“木木，去，咬他！”

木木听懂了米小溪的话，飞快地朝刘半仙跑去。

“哎哟，玉，救命啊！”刘半仙吓得摔倒在地上，他顺势捡起一块石头，朝木木砸去。木木也害怕被石头砸到，只好退后几步，朝着刘半仙“汪汪”直叫，传达着米小溪内心的愤怒。

那刘半仙的脸，不知道是用牛皮绷的，还是用砖砌的，总之可以用一个字来形容——厚。老玉米赶他走，米小溪放狗咬他，他不但不离开老玉米家，反倒溜进屋里，藏进了老玉米的房间。

老玉米进屋来，推了推自己的房间门，推不开。这个刘半仙，竟然在里面反锁了房门。现在看来，老玉米想把刘半仙赶走，怕是做不到了。

米小溪一边煮晚饭，一边盘算着有没有把刘半仙赶走的办法。猛然间，一个念头从米小溪的脑海闪过：这么凶悍的三爸，怎么赶不走一个刘半仙呢？莫非三爸原本就……米小溪不敢往下想，一是她不愿意这么想自己的三爸，二是她不愿意有这样的结果。

“三爸，吃饭了。”米小溪做好了晚饭，她一边喊老玉米吃饭，一边把盛了饭的碗放在饭桌上。

“嘎吱——”老玉米房间的门，开了。

刘半仙从屋里出来，端起米小溪刚给老玉米盛的饭，拿起筷子，便狼吞虎咽地吃了起来。看着刘半仙吃饭的样子，米小溪感到无比的恶心。她干脆不吃饭，回到了自己的房间。

“玉，小溪这丫头真会做饭，你真有福气。哦，不，我也有福气。”刘半仙一边扒饭一边说，“我早就算准了，有一天，我会娶上一个像你这样的女人，还有人给我煮饭，洗衣。”

老玉米大口大口的扒着饭，也不和刘半仙搭话。

“我吃完了，你慢慢吃啊。”刘半仙吃完饭，用手抹着嘴上的油和饭粒。

“吃完了就滚回去。”老玉米下逐客令了。

“嘿嘿，我不走。”刘半仙说完，又溜进了老玉米的房间里，把门反锁起来。

就在刘半仙和老玉米说话那会儿，姜老太婆正巧从屋外经过。这老太婆，虽然一大把年纪了，但她不仅腿脚灵便，还眼不花耳不聋。她歪着脑袋朝屋里看，看到了正在吃饭的刘半仙和老玉米。

“哟，都在一张桌子上吃饭喽。”姜老太婆一边念叨着，一边进了自己的家门。

“老太婆，你又在念哪样啊?”姜老头问。

“我敢念哪样哦，算命的比我会念，大概在掐子丑寅卯，几时才是黄道吉日，想入洞房了。”姜老太婆一边说，一边歪着脑袋，朝米小溪家看。

“那个该死的流氓，无赖，他还赖在那边没走?”姜老头问。

“一桌子吃饭，我看已经不是赖不赖的事儿喽。”姜老太婆说。

“寡妇门前是非多。”姜老头嘀咕了一句。

姜老头从屋里出来，在晒坝里走过来，走过去。走了好多个来回，姜老头实在忍不住了，他大喊:“米玉，米玉，救火啊！救火啊——”

这一喊不打紧，老玉米从屋里跑出来了，米小溪从屋里跳出来了，木木从屋里跑出来了，姜老太婆从屋里跑出来了……

那个赖在老玉米房间里的刘半仙也出来了，他大喊:“老天爷，想要烧死我啊?”

可是，不管是老玉米家的房屋，还是姜老头家的房屋，都没有起火。

“有些人呐，就算被烧成了灰，我也认得。”姜老头说完，便进屋去了。

“哼！癞蛤蟆想吃肉，想吃的还是蛤蟆肉。”姜老太婆不屑地瞥了瞥刘半仙和老玉米，也进屋去了。

姜老太婆的话，激怒了老玉米。但是，姜老太婆已经进屋去了，老玉米的火气没地方发，她扭过头来，冲着刘半仙吼道:“滚回去，吃你的癞蛤蟆肉去!”

老玉米拉了米小溪一把，便大跨步进屋去了。米小溪带着木木，赶紧进了屋，把大门关上了。

刘半仙蔫在晒坝里。过了好一会儿，刘半仙才离开晒坝，不知道是回家去了，还是算命去了。

刘半仙走后，老玉米便把气撒在米小溪身上。

“你看到他端碗吃饭，怎么不把碗给他打翻？你要是个男娃，我就省心多了。我要不是怕你吃亏受气，我早就不至于这样过了。”老玉米唠叨着，“你就是个讨债鬼，我上辈子欠你的，要我这辈子还你。早知道，就送你进孤儿院了，把你领来，简直是给自己添负担。”

米小溪背对着老玉米，任凭她一顿数落。此刻，米小溪感觉到，自己原本就是一个多余的人，不仅老玉米不喜欢自己，她也再一次嫌弃起自己来。米小溪打开日记本，开始写日记：

米小溪，我真的很嫌弃你。你看你，没有右小腿，走起路来还得靠双拐。你不能做重活儿，不能给三爸增光添彩，只会给她带来麻烦。

米小溪，如果不是你的存在，或许，三爸已经找个男人嫁了，这样，她就有了依靠，就不会埋怨你了。如果不是你的存在，三爸也用不着挣那么多的钱，她说她是在为你挣钱。

米小溪，你还记得你十一岁生日那天吗？哎，我真不愿意提到十一岁生日那天……

米小溪，你真是个没用的人，我真嫌弃你。米小溪，你反思一下吧，你存在于这个世界上，有什么价值呢？噢，这种想法很危险。

可是，米小溪，我还是想问你：你开心吗？你觉得这样生活下去，你快乐吗？你会得到幸福吗？等着你的将会是什么呢？

米小溪，让我把你捂进薄毯里，好好地哭一场吧。

想念那条腿

在这所普通中学里，开设了许多课外活动小组，每天下午第四节课，便是活动时间。合唱团和舞蹈队都是米小溪特别想参加的。

开学后的第二周，班长杨梅便拿来了课外活动申报表，让班里的同学填。米小溪偷偷地瞥了一眼申报表，低下头，什么也没说，什么也没报。

“小溪，你想参加哪个小组呢?”杨梅问米小溪。

米小溪摇了摇头。

“报一个你喜欢的吧。”杨梅说，“上音乐课的时候，我觉得你适合去合唱团呢。如果唱得好，还可以领唱，甚至有独唱的机会。”

米小溪还是摇了摇头。

在交表的最后时刻，杨梅在“合唱”一栏里，写上了“米小溪”三个字。

“小溪，我把名给你报上了。”杨梅说得小心翼翼，她怕米小溪生气。

米小溪看了申报表一眼，没有说话。她转过头去，望着窗外。刚下过一场大雨，天空被洗得非常清亮。然而，米小溪却隐隐感觉，一丝阴影，从远处袭来……

米小溪一直在犹豫：去不去合唱团？下午第三节课的下课铃声响了，米小溪的心马上剧烈地跳动起来：马上就应该去合唱团参加活动了，去还是不去？去还是不去？米小溪反复地问着自己。

向涛参加的是篮球小组，他离开教室的时候，给米小溪留了一张纸条：

别犹豫，要去了才知道该不该去。

米小溪捏着纸条，不知如何是好。

“小溪，该去合唱团了哟。”杨梅一边收拾画笔一边说，“我也得去绘画小组了。第一次参加活动，可不能迟到。”

“噢，知道了。”米小溪回答着，她假装收拾桌面上的书和作业本，等杨梅先出教室。

杨梅走了以后，米小溪还愣在座位上，她感到特别迷茫，她突然对合唱团有着前所未有的恐惧。她不知道合唱团里会有些什么样的同学，不知道大家会用什么样的眼光来看自己的腿，不知道自己该如何站在他们中间……

同学们都参加课外活动去了，教室里只剩下米小溪。

“你是高一（1）班的米小溪吗？”门外，一个戴着眼镜的男生问。

“嗯。”米小溪点了点头。

“何老师让我来通知你，赶紧去合唱团，就差你一个人了。”男生说完，转身离开了。

“噢。”米小溪小声应答着。

去还是不去？

米小溪又一次问自己。

去吧。

米小溪拄着双拐，朝合唱团所在的活动室走去。

不巧的是，需要上一段高高的台阶，才能到合唱团的活动室。拄着双拄的米小溪，要跳上这些台阶，显然会略显吃力。

“来，我扶你一把。”一个温柔的声音，在米小溪的耳边响起。

说这话的，是负责合唱团的音乐老师何晓萱。何老师扶着米小溪，一步一步地登上了台阶，进了活动室。

“呀，瘸子！”

“嘻嘻。”

“嘘——别伤害人家的自尊心。”

……

这些声音虽然很小，但还是传进了米小溪的耳朵里。

很多时候，米小溪非常讨厌自己的耳朵，仿佛任何的声音都逃不过她的耳朵，这让她很伤心。

“米小溪，你坐这里吧。”何老师指着第一排靠右的一个空位，对米小溪说。

米小溪把双拐靠在座位旁，稀里糊涂地坐在了空位上，稀里糊涂地听何老师讲课：“……同学们，音乐可以陶冶我们的情操……伴随着音乐，我们可以走进一个美好的世界……”

米小溪走神了。她在想另外的事情：小学三年级的时候，米小溪代表学校，到市里参加校园歌曲赛……米小溪得了亚军，站在领奖台上……

“起立了，练声呢。”米小溪身旁的一个小女孩扯了扯她的衣角，轻声说。

“嘻嘻，她在做梦吧？”

“做的是音乐家的梦吧？都瘸了，还做梦。”

……

有很小的说话声从后排传来。

米小溪这才回过神来，她发现，同学们都起立了，只有她还坐着。米小溪赶紧站起来，她把头埋得很低，不敢看老师和同学们。

“请大家把头抬起来，两眼平视前方。”何老师对大家说，“挺胸收腹。”

“还玩儿金鸡独立。”一个声音在米小溪的耳边响起。这声音虽然很小很小，但米小溪听见了。

“嘘——那叫白鹤亮翅。”又一个声音响起。

……

“请大家集中精力，别开小差，别讲话。”何老师说。

米小溪的眼里，噙着泪水。她恨不得有个地洞，可以让自己钻进去。她很想冲出活动室，躲到教室里去。然而，此刻，米小溪却连走的勇气都没有，她觉得周围都是陷阱，她每迈一步，都会掉进深渊里。

“米小溪，今天的活动结束了，你该去吃晚餐了。”何老师那温柔的声音，把米小溪从思想的深渊里拉了回来。

“米小溪，有同学不懂事，他们说了什么，你别介意。我们把心胸放宽一点，会过得快乐一些。”何老师说，“下周记得按时来参加活动啊。”

……

后来，米小溪总是鼓足勇气，早早地来到合唱团的活动室，等着何老师和同学们到来。在合唱团里，米小溪可以学到不少音乐知识，还可以听到何老师那优美的声音，特别是何老师那温柔的微笑，让米小溪感到特别温暖。

有一天，在练声的时候，何老师特别表扬了米小溪，说她的音质特别美，可以好好练声，以后可以考一考音乐学院……活动

结束后，米小溪拄着双拐，走在校园的林荫道上的时候，她听到身后有一个声音说："哼，拄着双拐，难看死了，还想上舞台，真是，不撒泡尿照照自己。"

这一天，米小溪没有去食堂吃晚餐，她坐在花圃旁，默默地流泪。拄着双拐怎么了？拄着双拐就不能上舞台了吗？拄着双拐就不能有自己的爱好吗？拄着双拐就不可以有美好人生了吗……

"哎哟，都快成歌星了，还哭，太煽情了。"

吕寒从食堂出来，见米小溪在哭，便丢下这么一句，跑了。

米小溪决定，不再去合唱团。

"小溪，别在乎别人怎么说，我支持你。"杨梅说，"你有音乐天赋，又遇上这么好的音乐老师，你可得好好珍惜这样的好机会啊。"

米小溪没有说话，她在心里告诉自己："就算是我懦弱吧。"

米小溪收到了向涛写给她的纸条：

但丁有句名言：走自己的路，让别人说去吧。

向涛喜欢用纸条表达自己的心声。而米小溪则喜欢把向涛给她的纸条夹进日记本里。

其实，从米小溪内心来讲，她是向往合唱团的。只不过，她真的受不了那些鄙夷的眼光和那些冷言冷语。米小溪也曾骂过自己的懦弱，她在日记里写道：

米小溪，你这个懦夫！

人家说几句话，就把你打垮了是吗？人家的一个不屑的眼神，就把你刺疼了是吗？你这是自己把自己扔进了万丈深渊啊。

米小溪，你可不可以坚强一点？你可不可以别去在意别人怎么说你、怎么看你？你可不可以像但丁说的那样"走自己的路，让别人说去吧"？甚至是"走别人的路，让别人无路可走"？

米小溪，你这个懦夫！

……

每当米小溪路过合唱团的那间活动室的时候，她会忍不住放慢脚步，听何老师讲课，听同学们练声。有时候，米小溪会早早地坐在活动室后面的花圃里，借着一棵大树把自己遮住，然后，她就可以悄悄地听一节课。

“呀，米小溪，你怎么不进去呢？”

一次，米小溪在老地方偷听何老师上课的时候，一个迟到的女孩子发现了米小溪，她大声问。

这一问可不得了，好多同学都从窗户里探出脑袋来看米小溪，他们的眼睛里，有同情，有不解，有不屑……

米小溪像小偷一样，拄着双拐，慌忙逃走。可是，很不幸的事情发生了，米小溪不小心踢到了一个花盆，她摔倒在地。

“呀，小心！”那个女孩子扶起米小溪，问，“没事吧？慢点慢点。需要我送你回去吗？”

“不用。”米小溪说完，慌忙地逃走了。

皮老师也找过米小溪谈话。然而，米小溪却总是很坚决地摇头，表示不去合唱团。皮老师只好说：“米小溪，如果你想去合唱团了，何老师随时欢迎你，她非常希望你能回去。”

其实，除了合唱团，米小溪还很向往学校的舞蹈队。可是，每当她路过舞蹈队的活动室的时候，她便会看看自己右腿那空空的裤管……

上小学的时候，米小溪经常是一边唱歌一边跳舞，或者是上一个节目表演唱歌，下一个节目又表演跳舞。不管是唱歌还是跳舞，米小溪都是舞台上的主角。而今，米小溪经常看着自己的双拐发呆：上天为什么要交给我一副拐杖？我的人生，难道就交给这副拐杖了吗？

那一年。那一天。米小溪的十一岁生日。

中午回家，爸爸妈妈准备了丰盛的饭菜，满屋子喷喷香。

“小溪，又长大了一岁，要更加懂事了哦。”爸爸一边在围裙上擦手上的油，一边说。

“小溪，我们买了生日蛋糕，晚上再吃，好吗？”妈妈对米小溪说。

“我先看看生日蛋糕嘛。”米小溪说完，打开装有生日蛋糕的盒子，把十一根生日蜡烛插在了生日蛋糕上。米小溪看着生日蛋糕，终于还是忍不住，伸出舌头，舔了舔蛋糕上的奶油。

“小馋猫啊！”爸爸说完，也学着米小溪的样子，伸出舌头来，舔了一口奶油。

“哈哈，一对馋猫。”妈妈开心地说道。

老黑狗木木也用身子蹭着米小溪，仿佛在说：“我也要吃蛋糕。”

米小溪用两个手指头掐了一小块蛋糕，拿到木木面前。木木摇了摇尾巴，伸出舌头来，舔走了米小溪手指头上的蛋糕屑。

“木木，乖，我们晚上再吃蛋糕哦。”米小溪对木木说。

吃过午餐，睡过午觉，米小溪离家去上学的时候，妈妈说：“小溪，放学早点回来，晚上吃生日蛋糕呢。”

“好好好，我还要点蜡烛，还要许愿。”米小溪一边说，一边朝学校跑去。

上课的预备铃响了。同学们陆续跑进教室，准备上课。

突然一瞬间，天摇地动，山崩地裂，天昏地暗……

黑暗，饥饿，恐惧，疼痛……都如恶魔一样，吞噬着米小溪……米小溪在废墟里度过了无比惊恐的两天两夜……

米小溪在黑暗中醒来后，她摸了摸身边的同学，他们都没有

动。米小溪害怕地喊不出话来，她便掐身边的同学，他们还是没有反应。米小溪知道：他们可能已经离开了这个世界。

在黑暗中，米小溪很想叫一声“爸爸妈妈”，可是，她发不出声来，或许是因为害怕，或许是因为体力不支。

米小溪很冷，很饿，很疼，很害怕……

米小溪是幸运的，因为她被救出来了，她的那条老黑狗木木也还在。米小溪是不幸的，她不仅失去了爸爸妈妈等至亲的人，还失去了右小腿。

手术后，米小溪的脾气很坏，她拒绝吃药，拒绝吃饭，她还会趁医护人员不注意的时候，拔掉输液管。有一次，米小溪拔掉输液管后，挣扎着要下床。

“啊——”米小溪摔倒在地，剧烈的疼痛，让她直冒冷汗。

护士阿姨听到响动，跑进病房来，把米小溪抱到病床上，她一边为米小溪插输液管，一边说：“孩子，好好养伤，你这腿，可再也经不起折腾了。孩子，你多幸运啊，你知道有多少孩子永远地留在了废墟里。”

护士阿姨说着说着，就哽咽了：“孩子，坚强一点，要珍惜来之不易的生命，勇敢地面对困难。”

米小溪就是恨自己的这条腿啊！截了肢，以后还怎么生活？还怎么见人？米小溪无数次梦见别人嘲笑自己的腿，无数次梦见自己走路摔跤，无数次梦见自己坠入了万丈深渊……

米小溪曾偷偷地溜出过医院。那是在护士阿姨送她一副拐杖，她刚刚学会用后，便忍着疼痛，拄着拐杖悄悄地溜出了医院。米小溪漫无目的地走着，她不知道自己要到哪里去，她脑子里只有一个念头：走！刚走出医院不远，米小溪凑巧被一个医生发现：“你是511号病房那个孩子吗？怎么跑出来了？”

米小溪被医生带回了医院。护士阿姨害怕米小溪再“逃跑”，便不再让米小溪离开自己的视线。

米小溪实在接受不了自己这半条腿。在好多天里，米小溪悄悄地把药丸省下起来，藏在床垫下面，她想：等药丸凑多了，一下子吃下去，肯定中毒身亡。可是，细心的护士阿姨却发现了米小溪的秘密，她把米小溪藏在床垫下面的药丸给找出来了。护士阿姨说：“孩子，在这地震中，有多少人没有逃过劫难啊，有多少人因为没及时被救出来而离开了，你得好好珍惜。孩子，你别怕，有我们陪着你，遇上困难，我们一起来战胜。”

经过一天天的劝慰，经过一天天的自我调节，米小溪终于说话了：“我要爸爸妈妈，我要跳舞。”说完，泪流满面。

护士阿姨把米小溪搂进怀里，抚着她的头发，说：“孩子，日子会一天天好起来的，有我们呢。”

老玉米把米小溪领到了天堂村。

在米小溪的印象中，她只来过天堂村一次。那一年，米小溪随亲人们来到了天堂村，那是米小溪的奶奶组织的，她说：“三闺女那里一直冷清，我们去热闹一下，带点儿好运气去，把霉气给她闹跑。”

米小溪奶奶说的好运气，可能就是想老玉米早些找到合适的男人，成一个家。

然而，他们在天堂村过得并不开心。十几个人的队伍刚到的时候，老玉米还非常热情，她接到电话后，亲自到老黄桷树下接大家。吃过午饭后，大家坐在一起拉家常。

“玉，我们在这里住两天，你再随我们回去，住几天再回来。”米小溪的奶奶说。

“嗯。”老玉米答应得倒爽快，“反正这大过年的也没什么事。”

“三姐还真是能干，屋里屋外，收拾得干干净净，哪个讨（娶的意思）了我们三姐，就是哪个的福气。”米小溪的妈妈说。

这下子，老玉米的脸可拉下来了，她黑着脸说：“我可没那福气。你以为我把屋子收拾干净，就是想招男人？嘁，我可没那么下贱！我米玉勤快爱干净，是众所周知的，用不着我去招惹男人。”

哎哟哟，这老玉米，像放连珠炮似的一阵还击。米小溪的妈妈有些尴尬，说：“三姐，我不是那个意思……”

“我知道你的意思，就怕我以后混你们吃混你们穿。放心，我这双手还算利索，我自己挣来自己吃自己穿，还没问题……”老玉米又一阵唠叨，说得米小溪的妈妈不敢再开口说话。屋里的亲人们也都不敢再说什么。

原本是想在这里热闹几天再走，但这样一来，米小溪的妈妈在这里待不住了，第二天一大早，她就提出要回家。老玉米和娘家亲人的关系原本就不那么近，米小溪的妈妈提出要回家，他们就都跟着走了。

这次来天堂村，待的时间虽然不长，但留给米小溪的印象却非常深。米小溪打心底里不喜欢这个三爸，她太爱唠叨，且得理不饶人，逮着谁都可以唠叨一通，听得你头皮发麻。

本来，如众多的地震孤儿一样，米小溪可以由符合条件的家庭领养，也可以去孤儿院。就在一对夫妇准备办领养米小溪的手续的时候，老玉米出现了，她要带走米小溪。

或许，因为老玉米毕竟是米小溪的亲人，经过几天的思想斗争，米小溪最终还是选择了跟老玉米走，虽然米小溪并不喜欢老玉米。

于是，在地震后的那个初冬时节，米小溪被老玉米带到了天

堂村。

到天堂村的第一天，米小溪就和老玉米闹翻了。

老玉米把米小溪领回家，便开始收拾那间堆杂物的屋子，准备给米小溪住。老玉米一边收拾屋子一边说："你看，你来了，要给我添多少麻烦。我一个人住，一个人吃饱全家不饿。你来了，我还得给你收拾房间，还得给你添置衣服，还要煮两个人的饭……"

米小溪拄着双拐，站在门口，低着头，听老玉米唠叨着。刚走了一个多小时的山路，米小溪感觉非常累，她真想躺下来睡一会儿，可是，她得等着老玉米把房间收拾出来。那张床上，堆着破棉絮、破背篓等杂物，估计还得收拾一会儿。

米小溪的身体靠着墙，这样可以让自己轻松一些。

"小溪，你过来动动手啊，这是你要住的屋子，你总不能站着看我一个人忙啊。"老玉米一边收拾一边说，"来，把这破棉絮抱出去。"

米小溪拄着双拐，进到屋子里。她挪出一只手来，准备从老玉米手里接过破棉絮。

"哎呀呀，一只手怎么抱棉絮啊?"老玉米吼道，"还有一只手呢? 断啦??"

米小溪的眼泪，已经从眼眶里流出来了。她丢掉另外一根拐，挪出了另外一只手，抱着棉絮，单脚跳着出门，显得非常吃力。

"哎哟哟，我可真是捡了个废物回来。"老玉米仿佛不说话就会死似的，她一直不停地唠叨着，"我上辈子欠你娘老子的，这辈子要让我在你身上偿还。我这后半辈子，还要养一个瘸子和一条老狗。等我空了，把老黑狗打来炖汤……"

“我没有让你养我！是你自己要把我带来的！”米小溪终于忍不住了，她大吼道，“我走就是！我不要你养我！”

说完，米小溪捡起双拐，出门去了。木木也跟着米小溪走了。

老玉米并没有去追米小溪，她以为，米小溪瘸着，跑不了多远，也不敢跑多远，她现在只有这里一个家，她能跑到哪里去呢？可是，米小溪就是要跑，她沿着刚才来的路，走到了黄桷树下。

米小溪在黄桷树下停下了脚步。望着崎岖的下山的小路，望着远方的高山，米小溪犹豫了：这是要到哪里去呢？以后怎么生活呢？

“汪汪——汪汪——”木木叫着，仿佛也为米小溪感到不安。

“木木，我们走。”米小溪抚摸着木木的头，说，“我不能让她把你拿来炖汤喝。”

米小溪像下了决心似的，拄着拐，带着木木，踏上了下山的小路。米小溪一边走，一边哭泣。她哭老天爷不公平，为什么要地震？为什么要带走爸爸妈妈？为什么要把自己送到天堂村来？为什么啊为什么？米小溪甚至埋怨老天爷为什么要把她留在这个世界上，要是和爸爸妈妈一起去了天堂，那该有多好？

“扑通——”

“汪汪——汪汪——”

米小溪一不小心，摔进了一个小池塘里。

“呀，这是谁家的丫头呀？”一个过路的男子，赶紧踩进水塘里，把米小溪给拉了上来。

“丫头，你是哪家的？赶紧回去换衣服，冷呢。”男子说。

米小溪被吓傻了，她愣在原地，一动也不动。

“是傻子？”男子自言自语着，然后走了。

男子路过天堂村的那棵老黄桷树的时候，老玉米问他："看见一个十一二岁的丫头没有？瘸子，拄着拐……"

"看见了，掉水塘里了……"男子一边说一边忙着赶路。

"啊？淹死了？"老玉米一下子慌了神，"是不是被淹死了？"

"你是她什么人？你想她死？可惜，那傻子没有死，在路边呢。"男子话没说完，便走远了。

老玉米赶紧往山下赶，像丢了宝贝似的。

米小溪还愣在池塘边上，她冷得直哆嗦。老玉米拉着米小溪的胳膊，说："走啊，回去，你想冷死？"

是啊，山里的初冬时节，气温较低，米小溪的衣服已经湿透了，能不冷吗？

可是，米小溪却挣脱了老玉米的手，她蹲下身来，用左脚试探着，跳进了池塘里边上的浅水区。

"你想死啊？"老玉米吼道，"地震的时候怎么不死？"

老玉米说得咬牙切齿，如同与米小溪有深仇大恨似的。

米小溪并非是要跳到池塘里寻死，她是要捡回她的双拐。刚才她摔进池塘里，那个男人只把她给拉了上来，她的双拐还在池塘里呢。

米小溪蹲在池塘边上，伸出手来，在池塘里摸着。

"我以为是丢了命，原来是丢了拐。"老玉米像老鹰抓小鸡一样，一下子就把米小溪给抓了上来，说，"我来摸，淹死了你，我没脸去阴间见你的爹妈。"

老玉米脱了鞋，踩在池塘边上，很麻利地把米小溪的双拐给摸了上来。

米小溪拄着拐，光着脚丫，继续往山下走。木木跟在米小溪后面，一边走，一边回过头来看老玉米，它仿佛担心老玉米做出

对米小溪不利的举动来。

望着往山下走的米小溪，正在池塘的淤泥里摸米小溪鞋的老玉米傻眼了：这死丫头，还真要离开自己了？

“回来！”老玉米声嘶力竭地喊了一声。

可是，米小溪并没有回头，她还是不停地往山下走。老玉米急了，她从池塘里起身来，光着脚丫，“突突突”地跑了起来，她一边跑一边喊：“死丫头，站住！看我不收拾你！”

米小溪扭头见老玉米追来了，她也加快了脚步。可是，米小溪拄着双拐，她哪能跑得过跑得飞快的老玉米呀？很快，老玉米便赶上了米小溪，并且绕到她的前面，拦住了她的去路。

“汪汪——汪汪——”木木朝着老玉米叫了起来。

“去去去！”老玉米弯下腰，捡起一块石头，朝木木砸去，她吼道，“你敢咬我，看我不整死你！”

“汪汪——”木木被老玉米的石头砸中，同时也被老玉米的凶相给唬住了，它惨叫着跑开了。

“走！回去！”老玉米扯住米小溪的胳膊说，“人家见了，还以为我虐待你。”

米小溪拐了拐胳膊，想挣脱老玉米的手。老玉米急了，她弯下腰来，把米小溪搭在背上，一手托住米小溪的屁股，一手抓起米小溪的双拐，开始往回走。

米小溪被老玉米这突然的举动给吓蒙了，她没想到老玉米会有如此神力，一把就把她甩在背上，像把一个小包裹甩在背上一样。

“呜呜呜——”米小溪哭了起来。

“你哭，你再哭！我掐死你！”老玉米使劲地掐了米小溪的屁股一下，恶狠狠地说，“你再哭，我扔你下山，让你立马去见你爹

妈，你信不信?”

老玉米这么一说，米小溪放声大哭起来。她想起了自己的爸爸妈妈……

休学大半年后，第二年秋季学期，米小溪在天堂村上了六年级。

也许是学校领导打过招呼，要求大家不要伤害到米小溪，所以，学校里的老师和同学们都小心翼翼地对待着米小溪。老师和同学们越是小心翼翼，米小溪的心里越不好受，因为她越是会感觉到自己与别人的不同，然后就会不由自主地想到自己的腿。

“六一”儿童节的时候，班里排练了一个大型的舞蹈节目，老师要求全班同学都参加，让每个同学都得到锻炼。米小溪缩在教室的一角，不愿意参加节目排练。

“米小溪，过来排练节目吧，你的任务是托太阳花。”老师把一朵大大的太阳花拿到米小溪跟前，说，“你这样托起它，就像托起一轮太阳，所有的观众都会看你，多美啊!”

虽然老师想方设法为米小溪安排了这样一个恰当的角色，但是，米小溪还是感到非常伤心。在地震前，她非常爱唱歌和舞蹈，她一直是舞台上的精灵，而今，她只能眼睁睁地看着别的同学唱歌和跳舞，自己只有托着太阳花。

舞台上，托着太阳花的米小溪，看着尽情舞蹈着的同学，她好想念那条腿啊!

这块姜太辣

深秋时节。山里的枫叶，红了。米小溪在回家的路上，捡了几片枫叶，夹进了书里。

秋雨绵绵。雨，比米小溪刚爬山时密集了些。米小溪从背包里拿出雨衣，披在身上。因为不方便撑伞，米小溪的背包里时常都备着雨衣。

拄着双拐的米小溪，沿着山路，艰难地走着。路，越走越滑。米小溪走得越来越辛苦。

“啪嗒——”长着青苔的石板路太滑，米小溪不小心摔倒在地上。一根拐杖飞了出去，滚落到路边水沟里。米小溪的雨衣，也被路上的石头给划破了。外套毛衣上，也沾满了泥。

米小溪手脚并用，挪到水沟边上，捡起了拐杖。

米小溪继续爬山。

这山啊，真是高。这山路啊，真是崎岖。这样的日子，什么时候才能到头？汗水和着泪水，湿了米小溪的脸庞。

“汪汪——汪汪——”

还没走到村头，她便听到了木木的叫声。每周六的上午，木木都会到黄桷树下等待米小溪回家，那一刻，总是让米小溪感到特别温暖。

“木木。”米小溪伸出手来，抚摸着木木。木木的毛湿漉漉的。

木木伸出舌头，舔了舔米小溪的脸颊，表示亲热。这下子，更是让米小溪泪如泉涌。

“木木，你快跑到黄桷树下去躲雨，雨越下越大了呢。”米小溪拍了拍木木的屁股，示意它赶快跑。可是，木木却没有跑，它陪着米小溪，一步一步地朝村头走去。

此刻，老玉米正在地里挖土。老玉米没有披蓑衣也没有戴斗笠，这点小雨，对她来说，真算不得什么。这些年来，老玉米就是风里来雨里去。烈日之下，她也可以光着脚丫，挑着重担，行走在滚烫的青石板上。

老玉米的土地很多。村里人搬走后荒弃的土地，她一处接一处地打理出来，种上庄稼或蔬菜，自家吃不了，便拿到集市上去卖。

“哎哟——”老玉米刚举起锄头，便感觉腰疼了一下。这下可疼得不轻，老玉米放下锄头，用手撑着腰，直不起来，也弯不下去。

“哎哟，又闪了！”老玉米嘀咕道。看来，是老毛病了。

是啊，五大三粗、虎背熊腰的老玉米，完全一副男人相，屋里屋外的事，她一个人大包大揽，四十几岁的人了，这么操劳，落下病根是难免的。

雨，越下越大。老玉米捶了捶腰，感觉稍好一点，便收起锄头，背起背篓，往家里走去。

米小溪和老玉米几乎是同时到家。

“哎哟哟，这雨衣才买多久啊？就弄破了。”老玉米唠叨起来，“你看看，不好好走路，毛衣和裤子也弄脏了，肥皂又要遭殃了，你就不知道替我节省点，你以为挣钱容易啊？你挣几个钱拿

给我看看。”

“嘀嗒——嘀嗒——”屋檐上的水，不停地从瓦楞滴落下来。

米小溪努力不让泪水从眼眶里滑落下来。虽然，她已经习惯了老玉米的唠叨，但是，每当老玉米唠叨不断的时候，她会感到特别委屈。她在心底呐喊着：你以为我想变成这个样子？你以为我想来天堂村？你以为我想依靠你生活？你以为我愿意过这样的生活？

“我上辈子欠你的，这辈子还你。”老玉米说得咬牙切齿，“还不去煮饭？我这腰都要断了，还要服侍你……”

米小溪在厨房里做午饭。老玉米坐在屋檐下钩毛线鞋。

老玉米看起来五大三粗，其实，她也是一个会做细致活儿的女人。米小溪今天穿的那件外套毛衣，便是老玉米给她织的。老玉米虽然爱叨唠，但米小溪吃的穿的用的，却一样没有少过。

每年的秋天和冬天，老玉米便会用空余时间，钩一些毛线鞋，拿到镇上或是县城里去卖，就能挣到一笔可以补贴家用的钱。老玉米的手很巧，她钩的毛线鞋，拖鞋，有及踝浅口鞋，有短靴，有长靴……鞋面上，还镶嵌着各种图案：蝴蝶、海豚、金鱼、兔子、牡丹花……各种款式各种颜色的毛线鞋，摆在一起，真是一道美丽的风景。

老玉米钩线的动作很快，你看她左手拿着鞋底，右手食指伸直把毛线绷紧，右手拇指和中指捏着钩针，手腕轻快地转动着，一针一针又一针……动作完美得让人不敢相信她还是那个虎背熊腰的女人。

吃过午饭，雨还在下，完全没有要停下来的意思。

米小溪收拾好碗筷和厨房，正准备进自己的房间里做作业，老玉米说：“小溪，来，学钩毛线鞋。”

其实，米小溪已经不用学习钩毛线鞋了，她来老玉米这里已经五年，老玉米怎么钩毛线鞋，她已看得一清二楚。以前，老玉米不在家的时候，米小溪偷偷地使用过老玉米的钩针，她还用老玉米的毛线，钩了一根挂钥匙的绳子，绳子末端还勾了两个小球儿，可爱极了。

米小溪来到老玉米身边。老玉米递过一枚钩针和一团毛线给米小溪，说："来，先钩鞋底子。"鞋底子是最好钩的，没什么花样，老玉米只简单地交代了几句，米小溪就明白了。

米小溪钩好了鞋底。老玉米说："今天，你的任务就是把这双毛线鞋钩好。"

"嗯。"米小溪简单地应了一声。

老玉米和米小溪坐在屋檐下，各自钩着毛线鞋。她们谁也不说话，只顾着手里的活儿，如果说比速度，米小溪的确不如老玉米快。另外，老玉米勾出来的针脚也要均匀一些，米小溪毕竟做得不多，针脚的稀密程度便不太一致。

"把毛线拉紧一点，不要太松了，针脚要钩均匀。"老玉米看了一眼米小溪手里的半成品毛线鞋，对米小溪说。

"嗯。"米小溪还是简单地应了一声。

傍晚时分，米小溪终于钩好了一只毛线鞋。

"穿上试试。"老玉米对米小溪说。

米小溪往脚上一穿，嗯，正合适。

"刚好合适。以后，你自己穿的毛线鞋，就自己钩了。"老玉米说，"别总是指望我给你钩鞋。将来我死了，看谁给你钩鞋穿……"

米小溪不喜欢老玉米总说这样的话，什么死不死的，瞧她那泼辣样儿，一时半会儿能死掉吗？再说了，米小溪再怎么讨厌老

玉米，也不希望她死呀。要是老玉米真没了，米小溪一个人怎么活?

“煮晚饭了。”老玉米一边收拾那个装毛线的小竹箩，一边说。

老玉米准备起身来，却怎么也直不起腰。她骂了句:“这死腰，要疼死老娘嘞……”

“三爸，来。”米小溪起身来，一把扶住老玉米，说，“去躺躺，我煮饭，煮好了叫你。”

正当米小溪扶着老玉米准备进屋的时候，姜老太婆背着背篓，撑着伞，从晒坝经过。姜老太婆望了老玉米一眼，大声吼道:“哼！偷了东西还装病。你以为你装成死人，人家就不怀疑你了?”

哎哟，这话说得多难听啊。老玉米马上回过头来，瞪了姜老太婆一眼，咬了咬牙，但没有说话。看得出，老玉米是在竭力地忍住心中的火气。

姜老太婆把背篓放在屋檐下，也不进屋，就站在屋檐下，继续骂:“哼！遭天杀的！你就装聋作哑，你就装死。我看你装，看你装！哪样你不偷？偷菜，偷人……”

“你这老不死的！”老玉米忍不住了，如火山爆发一般，破口大骂起来，“你这老不死的！哪个偷你的菜了？你看见哪个偷人了？你拿出证据来！”

骂过之后，老玉米赶紧用手撑着腰，这么一动火气，一使劲儿，估计她的腰真是受不了。米小溪看到，老玉米的额头上渗出了大粒大粒的汗珠儿，一定是疼得冒冷汗了。

“三爸，进去吧。”米小溪怯怯地说。她心疼老玉米，但也害怕老玉米。

“你给我滚进去煮饭，不要在这里听那些乌七八糟的话。”老玉米冲着米小溪大吼一声。

米小溪进屋煮饭去了，留下老玉米站在屋檐下与姜老太婆对骂。

刚才是姜老太婆一个人骂，她正觉得没劲呢。现在好了，老玉米搭话了，姜老太婆觉得自己成功了，她顿时充满了力量似的大笑起来：“哈哈哈！哪个偷菜？哪个偷人？有些人自个儿心里最清楚。我没有提名点姓，你猴急猴急地应着。哼，我骂的是隔壁村的寡妇，关你屁事？”

姜老太婆这一骂，把老玉米给气得仿佛喘不过气来。老玉米抓起一个毛线疙瘩，朝姜老太婆掷去。

“砰——”

还真准，毛线疙瘩正好打在姜老太婆的背篓上。毛线疙瘩弹回来，滚到了晒坝上。

这么一使劲儿，老玉米的腰又疼得支撑不住了，她一手撑着腰，一手扶着木凳子，慢慢地坐了下来。

这姜老太婆也不是省油的灯，她亮开嗓门继续骂：“哪个会偷哪个心里有数，我要提醒前村后村的女人，睡觉时都要把门关好，最好再配一根抵门杠，可别让人家偷走了自家的男人……”

老玉米气不过，她“呼”地站起身来，抓起装毛线的小竹箩，朝姜老太婆扔去。

“呼噜噜——”小竹箩落在姜老太婆身旁，那些毛线疙瘩，滚落一地。

老玉米还真是强悍啊，腰都疼成那样儿了，还能把小竹箩扔到姜老太婆那边去。老玉米若不是腰疼正发作，这小竹箩准会落在姜老太婆身上，让姜老太婆挨疼。

奇怪的是，姜老太婆竟然不吵了。她开始捡散落在地上的那些毛线疙瘩。老玉米也奇怪地盯着姜老太婆，她还会好心地帮自

己捡毛线疙瘩吗?

姜老太婆在细雨中把那些沾了泥水的毛线疙瘩都装进了小竹箩里，然后，她端着小竹箩，转身进了屋。气得老玉米差点喘不过气来。

“你这个老不死的，几个毛线疙瘩都看上了。”老玉米骂道，“你不把毛线还给我，我找你拼命!”

姜老太婆从屋里探出头来，吼道：“几个毛线疙瘩值几个钱？那丫头用命换来的孤儿补助，都被有的人给独吞了……独吞了……那丫头还在这里给你做牛做马，你倒是好，添了劳动力，还让人家自带工资……哪个有你算得精哟……我要是那个丫头，会要了你的命……”

老玉米和姜老太婆吵的每一句，在厨房里煮饭的米小溪都能听见。原本，她们吵出的那些乱七八糟的东西，米小溪可以装着听不见。但刚才姜老太婆说的那一通话，却在米小溪的心底激起了涟漪。

那个深秋，老玉米把米小溪带到天堂村来的时候，米小溪就知道，国家每个月给自己补助了一些钱，这些钱由老玉米保管着。刚上初一那年，米小溪想买复读机，极为节俭的老玉米说：“这样也要钱那样也要钱，你以为我是开银行的？能省就省着点儿，不买!”

米小溪急了，她说：“我每个月有补助……”

米小溪这么一说，惹恼了老玉米，她吼道：“你这死丫头，你以为那点钱多啊？我供你吃，供你穿，供你住，供你上学，你那点钱还抵不过我养你的费用。”

从此，米小溪就在心底固执地认为：老玉米挪用她的孤儿补助。这个疙瘩，一直没有解开。

如今，姜老太婆又提起老玉米独吞米小溪的补助一事，米小溪的心里，又涌起一丝对老玉米的怨恨。

老玉米挣扎着站起来，朝姜老太婆那边走去。刚走到晒坝中间，老玉米实在是支撑不住，蹲下身来，单膝跪地，支撑着身子。

“哼！小命都快玩完了，还敢跟我斗！”姜老太婆见老玉米那痛苦的模样，幸灾乐祸地说。

米小溪听到姜老太婆这么说，便从厨房里出来，单腿支撑跳到晒坝里，扶起老玉米，说：“三爸，回去躺躺。”

“我死不了！”老玉米死要面子，她不愿意输给姜老太婆，她用手肘使劲地拐了拐米小溪。米小溪本就是单腿支撑着，老玉米这么一拐，把米小溪拐得摔倒在地。

“真是废物！也难怪人家总是欺负我们。”老玉米咬牙切齿地骂着，“被人家整死了事！”

就在这时候，姜老头回来了。他见老玉米单膝跪在地上，米小溪也坐在地上，奇怪地问：“呀，起来呀，地上全是水。”

“死老头子，还不快滚进屋来，多嘴！”姜老太婆在屋里吼道。

“哎，起来，赶紧进屋去，天上下雨，地上也湿，别惹一身病。”姜老头一边说，一边朝自家屋里走去。

米小溪挣扎起来，再次扶起老玉米，说：“三爸，走。”

老玉米虽然还恨恨地咬着牙，但是，估计她实在是没有力气再折腾下去了，便借着米小溪的搀扶，慢慢起身来，朝屋里走去。进了屋，老玉米坐在床沿上，米小溪找来一套干净的衣服，准备给老玉米换上。老玉米推开米小溪，说：“我还没到要你来给我穿衣服的地步……那块死老姜，看我不好好收拾她……”

此刻，夜色已降临。

姜老头进到屋里，看见了那个装有湿漉漉的毛线疙瘩的小竹

箩，问:“这是哪来的?”

“那个啃不动的老玉米给我扔来的，不捡白不捡。”姜老太婆说。

“哎，还给人家吧，邻里邻居的，哪天不打几回照面?这样不好。”姜老头说。

“哼，要是我把东西扔过去，她捡了就不会还我，你信不信?”姜老太婆说，“那个死女人，哪样不想要?那丫头用命换来的补助，她也独吞。”

“好了好了，我拿去还给人家。”姜老头说完，端着小竹箩，出了家门。

“死鬼，只准放在她家屋檐下，不准进那寡妇的屋。”姜老太婆大吼着。

姜老头把小竹箩放在老玉米家的屋檐下，还没转过身来，便听到一个熟悉的声音:“哟，姜老哥，你们欺负一个妇道人家，还要不要脸啊?”

姜老头回转身来一看，是大月村的罗锅。

“罗锅，不要乱说话啊，村里村外虽然已经没有几个人了，但我姜老头可不想背这个欺负人的坏名声。”姜老头一本正经地说。

这罗锅，佝偻着身子，嘴里含着一根短短的旱烟杆，他“叭嗒、叭嗒”地抽了几口，慢条斯理地说:“我都看见了，你们还说没欺负人，这些毛线疙瘩上怎会有泥巴?人都被你们气病在床上了，还说没欺负人。”

“哎呀，罗锅，你可不要乱说啊。邻里邻居的，女人家嘴巴都长，争几句吵几句，也算不上欺负。”姜老头说。

“哎哟姜老哥，你别在这里瞎扯了，回去照管住自家女人那张嘴，别在这里打什么鬼主意了。”罗锅说。

姜老头虽然听出了罗锅的弦外之音，但他没说什么，快步进了自家的门，“砰”一声，把大门给关上了。

罗锅进了老玉米的家门，正巧米小溪从老玉米的屋里出来，他问：“你三爸呢?”

米小溪讨厌罗锅，和讨厌刘半仙一样，她没有答话，便进厨房去了。

罗锅走到老玉米的屋门口，说：“玉啊，腰疼了是不？要不要我去给你买药?”老玉米没答话，罗锅又说：“玉啊，你也真是，如果你听我的话，让我进门来，那老辣姜还敢欺你？有我帮你，哪个还敢在你头上拉屎?”

“滚出去！”老玉米吐出一句。听得出来，米玉的腰疼得厉害，说话也没多少力气。

米小溪也听得不耐烦了，她拍了拍木木的屁股，说：“木木，去，咬他，去——”

木木听懂了米小溪的话，它飞快地出了厨房，穿过堂屋，朝老玉米的屋门口冲去。

“哎哟，哎哟！你这死狗，看我不整死你！”罗锅吼了起来，他被木木咬了一口。

木木退后几步，准备再次进攻罗锅。

“死狗，我打死你！“罗锅已经抓起一把扫把，举过头顶，准备朝木木打去。

“木木——”米小溪怕木木吃亏，大声地唤它。木木听话地朝厨房跑去。以前，木木就挨过罗锅一锄头，腿被打伤，瘸了好久。

“砰——”一只拖鞋打在老玉米的门上，那是老玉米的拖鞋。

“滚出去！”老玉米吼道。这声音虽然很凶，但不如以前那么有力，老玉米的腰正疼得厉害。

罗锅把脑袋探进老玉米的房门，见老玉米躺在床上，他把拖鞋捡起来，拿到老玉米的床前放下，说：“大妹子，腰疼病又犯了吧？我回去给你拿几味药来，吃了包好。你等着啊。”

罗锅说完，便出门去了。或许，他是真想回家去拿点药来讨好老玉米。

罗锅才走出几步远，便听到“砰”的一声，大门被重重地关上了。是米小溪关的。

“嘁，真不知好歹，疼死你这丧门星！”罗锅骂了一句，便灰溜溜地走了。

罗锅住在大月村，多年以前，他的媳妇跟着一个来村里卖刀的跑了，他有一个儿子，也不务正业，在外游荡。罗锅因吝啬而臭名远扬，所以至今没娶到媳妇。这几年，罗锅有事没事朝老玉米家跑，但每次都没占到便宜，老玉米会骂他，米小溪还会放狗咬他。他总是满怀希望而来，却灰溜溜而去。

米小溪盛了一大碗米饭和一些菜，端到老玉米的床前，说：“三爸，吃饭了。”而后，米小溪把老玉米扶起来，再把枕头垫在老玉米的腰后面，便一声不响地出了老玉米的房间。

老玉米一边扒饭一边唠叨：“这没良心的，等老子动不了的那一天，你还不直接把老子背出去扔下山……”

这老玉米真不好服侍啊。你若是守着她吃饭，她会说：“我又不会死，守着干啥？”你若是不守着她吃饭，她又会说你不理睬她。

晚上，米小溪在自己的房间里做作业。唉，这次的作业真是难，有好多题米小溪都无从下笔。干脆不做了，到学校去向杨梅和向涛请教吧。

米小溪拿出在回家的路上捡的枫叶，一片一片地打量起来。

这几片枫叶，红得那么热烈，仿佛一团团燃烧着的火焰，在米小溪的心底蔓延开来。米小溪提起笔，开始在这些枫叶上写字：

杨梅，谢谢你对我的关心！

向涛同学，感谢你的鼓励！

皮老师，我给您添了不少麻烦，真是抱歉！

……

苦咖啡

星期天的上午，米小溪背着背篓，拄着双拐，带着木木，爬上了后山的那块大岩石上。放眼望去，这山谷真是美啊！青的、黄的、红的……这幅美丽的秋景图，出自哪位画家的笔下呢？谷底那条若隐若现的小溪，大概已经干涸了吧？一片片飘落的叶子，可能已经把它变成了七彩的树叶河。

大岩石旁的红籽，已经红得快要燃烧起来。一粒粒的红珍珠，点缀在绿叶间，像眼睛，像星星，更像一团团燃烧着的火焰。

站在属于自己的这一方舞台上，米小溪特别想唱歌，她抚摸着木木的头，问："木木，想听我唱歌吗？"

木木"咕咕"地应了几声，仿佛对米小溪说："想听，想听呢。"

米小溪起身来，开始唱：

父亲曾经形容草原的清香
让他在天涯海角也从不相忘
母亲总爱描摹那大河浩荡
奔流在蒙古高原我遥远的故乡
如今终于见到这辽阔的大地
站在这芬芳的草原上我泪落如雨

河水在传唱着祖先的祝福
保佑漂泊的孩子找到回家的路
啊，父亲的草原
啊，母亲的河
……

米小溪唱不下去了。米小溪哭了。她蹲下身来，紧紧地抱着木木。木木舔着米小溪的脸颊，仿佛在对米小溪，说：“小溪，不哭，不哭……”

米小溪擦了擦眼泪，又继续唱了起来：

虽然已经不能用母语来诉说
请接纳我的悲伤我的快乐
……

“我真是服了你，生活补助都被那个啃不动的老玉米独吞了，你还有心思唱歌，哼！”一个声音打断了米小溪的歌唱。

米小溪回头一看，是姜老太婆。姜老太婆盯着米小溪，一脸的不屑。见米小溪没说话，姜老太婆继续说：“要是我，死活都会让她把生活补助拿出来，那是国家补贴给你的，又不是她的。”

米小溪把头转过去，没有理睬姜老太婆。虽然，米小溪对老玉米的做法有意见，但她更知道，姜老太婆绝不是一盏省油的灯，她这是在挑拨离间，她巴不得米小溪和老玉米闹得鸡飞狗跳。米小溪是高一的孩子了，这点道理她还懂。

米小溪想啊：老玉米也说得对，自己来到这里，吃的穿的用的住的，都是老玉米供给，自己还有什么理由向她要补贴呢？

下午，米小溪早早地返了校，教室里一个人也没有，她把昨天晚上写了字的枫叶，分别放在了向涛和杨梅的桌肚儿里。米小溪来到讲台上，从讲桌肚儿里拿出皮老师的教本，翻开来，把那

片枫叶夹了进去。

就在米小溪准备把皮老师的教本塞进讲台的桌肚儿时，一个人影飞进教室，一头撞在米小溪的身上。

“哎哟——”

米小溪和那个人一并摔倒在地。教本落到地上，夹在教本里的枫叶也滑落了出来。

这人是谁？这人还能是谁？就是班里那个滑稽幽默的“本山大叔”——赵小山。

“还给我！还给我！”一个声音咆哮着，随后，一个黑影冲进了教室。这个人便是“女汉纸”吕寒。

哎，这对冤家，又闹上了。

米小溪正准备从地上捡起枫叶，眼尖的赵小山抢先捡起枫叶，快速地从地上爬起来，转身就跑。

米小溪傻眼了。

吕寒在后面一边追一边喊：“今天我不管你是赵小山、赵本山还是赵大山，你就是赵刀山、赵火山，我也不怕你，我也要把你逮住！站住！逮不住你我就不姓吕。”

“好啊好啊，你不姓吕就姓男，你本来就是‘女汉纸’，‘女汉纸’本来就姓男。”赵小山一边躲着吕寒，一边不忘调侃。

“哼，我才不姓男。”吕寒显得有些气喘吁吁，“站住！看我怎么收拾你。”

“你不姓吕，也不姓男，就跟我姓赵吧，我给你取个名字，叫赵家屁娃儿。”赵小山笑着说。

这么一说，吕寒追得更猛了。

赵小山还扬了扬手中的枫叶，说：“哈哈哈，如果你追到了我，这玩意儿也归你。”

刚才赵小山从地上捡起枫叶的时候，吕寒也看见了。吕寒说:“你那张破叶子，能抵过我的宝贝？切!”

看着赵小山和吕寒在教室里追逐，米小溪真是无奈。她想从赵小山手中拿回那张枫叶，可是，她实在是没办法。

赵小山在逃跑的时候，根本没有在意站在讲桌旁的米小溪，他又一次碰了一下米小溪，米小溪一不留神，双手按在讲课上，碰到了讲桌上的那盆仙人球。

“哎哟!”米小溪小声叫道。仙人球刺疼了米小溪。

“刺得好啊，生活就是由一根一根的刺构成的……你们这些娃娃，刺着刺着，就长大了。”皮老师的话又在米小溪的耳边回响。是啊，生活就是一根一根的刺构成的，这不，米小溪又被生活的刺儿给刺了一下。

被刺疼了的米小溪，见赵小山和吕寒还在追赶，她气得大喊:“把我的东西还给我!”

此刻，向涛已经来到教室门口，望着眼前的一幕，他眉头紧皱。

刚才米小溪这么一喊，还真把赵小山和吕寒都震懵了，或许，她们没想到米小溪会发这么大的脾气。吕寒很快反应过来，她一下子扑到赵小山面前，想从赵小山手里抢枫叶，但是，赵小山何等机灵，他哪会让吕寒抢到？一眨眼，赵小山又跑到教室后排去了。

“把枫叶还给我!”米小溪单腿跳着，准备去追赵小山。

向涛快步走进教室，直逼赵小山而去。见向涛这副严肃的样子，赵小山不跑了，他站在原地，盯着向涛，仿佛在等着向涛的发落。

“拿来。”向涛把手伸向赵小山。

赵小山乖乖地把那片枫叶交到向涛的手里。可是，吕寒却以迅雷不及掩耳之势，抢走了向涛手里的枫叶，她跑了几步，然后看了枫叶一眼，念道："皮老师，我给您添了不少麻烦，真是抱歉！"而后，吕寒阴阳怪气儿地说："哎哟哟，知道给别人添麻烦不好，就别再添麻烦了呗。本山大叔，这是你写的吗？这么肉麻，哎哟哟，我浑身起鸡皮疙瘩……"这吕寒不知道哪根神经不对劲儿，说出这一通不入耳的话来。她明明知道这枫叶是米小溪的，却故意说成是赵小山的。

向涛绕到吕寒面前，一把抓过枫叶。只听"嚓"一声响，枫叶被扯成了两半儿，一半儿在向涛手中，一半儿在吕寒手中。

"吕寒，你太过分了！"向涛说这话的时候，脸色和语气都冷冷的。这下，吕寒的脸色变了，她知道自己闯祸了。

米小溪单腿跳过来，先是从吕寒手中抓过那半儿枫叶，再从向涛手中抓过那半儿枫叶，合在手中，"嚓嚓嚓"几声响，枫叶成了碎片儿。米小溪跳到垃圾桶旁，把枫叶碎片儿扔进了垃圾桶里。

向涛、吕寒和赵小山都愣在原地。米小溪拄着双拐，出了教室。

"还我！"吕寒走到赵小山面前，气势汹汹地说。赵小山把紧紧捏在手里的东西递给了吕寒。向涛没看出那是什么。

而后，三个人各自回到了自己的座位上。吕寒瞥了向涛一眼，嘴里小声嘀咕着："哼，老娘就是见不得你对那瘸子好！我还得收拾她，好戏在后头！"

同学们陆续进了教室，有的在收拾书桌，有的在赶作业，有的开始预习明天的功课……杨梅问向涛："米小溪还没来吗？"

"来了。出去了。"向涛说。

"噢。"杨梅见向涛的脸色不好看，知道可能有什么事情发

生，便走出教室找米小溪去了。

如同有心灵感应一样，杨梅在小河边上找到了米小溪。

“小溪，你在这里呀。”杨梅轻轻地走到米小溪的身后，说，“我在校园里没找到你，便知道你跑到这里来了。”

“嗯。”

起风了，米小溪紧了紧衣领。深秋的风，已经有了寒意。杨梅蹲下身来，拉过米小溪的手，说：“凉呢，你冷吗？”

“我不冷。”米小溪指着河面上的枯叶说，“它们才冷。”

河面上，那些枯叶随着河水，向远方漂去。米小溪可怜起那些枯叶来，它们没有家，也不知道自己将漂向哪里。

“小溪，回去吧，河边冷呢。”杨梅说。

“我想再待一会儿。”米小溪说，“教室里更冷。”

刚才在教室里，吕寒的话还回响在米小溪的耳边：“哎哟哟，知道给别人添麻烦不好，就别再添麻烦了呗。本山大叔，这是你写的吗？这么肉麻，哎哟哟……”

米小溪一直没弄明白一件事：自己哪里惹着吕寒了？为什么吕寒对自己这么刻薄？平日里，米小溪总是小心翼翼地行事，她原本就有点自卑，肯定不会主动去招谁惹谁，吕寒为什么会这样说她呢？

“小溪，不管别人说什么，你都不要太放在心上，我们班里有些人很不懂事，比如吕寒和赵小山，我一直把他们当成捣蛋的小学生。有时候想想啊，班里有了这两个现世宝，倒还能增添一点快活的空气。说不定在多年以后，我们再回忆起他们，还真是多了一份美好呢。”杨梅说，“唉，原谅这对不懂事的现世宝吧！如果我们总在心里和他们计较，那么，我们永远也得不到快乐。小溪，你觉得我说得对吗？”

“嗯。”米小溪点了点头。

杨梅是一个开朗的女孩，她总爱在米小溪不开心的时候开导她，让她很快释怀。或许，我们的生活就因为有了这种性格互补型的朋友，才多了一份美好。

“扑通——”

一只水鸟掠过河面，从河里叼起一条小鱼儿，轻快地飞到岸边的竹林里去了。

“呵，多敏捷的身手啊！”杨梅笑着说，“下辈子我也变水鸟，以捕鱼为生。”

“要是捕不到鱼呢？不就挨饿了？”米小溪说。

“我最担心的，并不是捕不到鱼。”杨梅没有继续说下去，仿佛在故弄玄虚。

“最担心什么？”米小溪追问。

“最担心的是，”杨梅顿了顿，说，“担心本山大叔手拿弹弓，眯着一双贼眼儿，朝我开弓，啪——”

“呵呵——”米小溪被逗乐了。

“我还没说完呢。”杨梅还在卖关子。

“还有什么呢？”米小溪问。

“原来，本山大叔的弹弓，弹出来的不是子弹，而是一个庞然大物，她就是……”

“吕寒？”米小溪接过杨梅的话茬儿。

“对极了。”杨梅笑着说，“小溪，我俩真是心有灵犀一点通啊。”

“嗯。”米小溪说，“本山大叔改行了，他以捕鸟为生，不再卖拐。”

“呵，小溪，你也有幽默细胞啊。”杨梅说，“看来，我立功了，把你的幽默细胞都给调动起来了。”

其实，米小溪原本就是一个活泼的女孩。在上小学的时候，米小溪爱唱歌，爱跳舞，爱和同学们逗乐，班里谁不开心了，她会想方设法逗他（她）开心，家里爸爸妈妈拌嘴了，米小溪也会想办法让他们尽快和好。

米小溪和杨梅并肩走在小河边上。

“看，芙蓉花，还在开呢。”杨梅说。

“嗯，真是美！”米小溪说。

“来，我送你一朵。”杨梅摘下一朵芙蓉花，戴在米小溪的头上，说，“我觉得，你就是一朵美丽的芙蓉花，骄傲地绽放在秋末冬初的寒风中。”

“呵，我哪有那么美啊。”米小溪说，“不过，我倒是愿意做一朵芙蓉花。”

米小溪和杨梅在小河边上走了一会儿。突然，杨梅说：“小溪，我带你去一个地方，离这里不远。”

“噢，去哪儿呢？”米小溪一边快步跟上杨梅，一边问。

“你一定会喜欢！”杨梅说。

走了一段路，拐了一个弯，爬了一段坡。杨梅说：“小溪，你看，多美！”米小溪朝着杨梅手指的方向望去：啊，一大片野菊花，在秋风中闪耀着金黄色的光芒。

“小溪，美吗？”杨梅问。

“美！”小溪说，“山里也有这种小野菊花，一大片一大片的，每年，我都会做一个野菊花花环，给木木戴着。”

“小溪，我觉得你既像白芙蓉花，又像这种小野菊花。”杨梅说，“你外表看起来像白芙蓉一样冷冷的，其实，你的内心像这种小野菊花一样，暖暖的。”

“嗯，是吗？”米小溪说，“杨梅，我好想唱歌啊。”

“好啊好啊，想唱就唱吧，我来当你的粉丝。”杨梅说完，赶紧摘下几朵野菊花，递到米小溪面前。

“呵，献花呢?”米小溪说。

“是哦。这花儿虽然不大，但绝对能代表我对你的崇敬之情。”杨梅甚至半跪在米小溪面前，夸张地说，“米小溪，我的偶像，请收下我的鲜花吧!”

“呵——”米小溪笑着，收下了杨梅手中的野菊花。

“好吧，今天都收到两次花儿了，得唱歌了吧。”杨梅说，“我来报幕：下面，由著名歌唱家米小溪给大家带来……带来什么呢？小溪，你想唱什么歌?”

“你想听什么呢？我亲爱的歌迷。”米小溪问。

“我想听《卓玛》，可以吗?”杨梅说。

米小溪开始深情地唱起了《卓玛》:

……

你有一个花的名字
美丽姑娘卓玛拉
你有一个花的笑容
美丽姑娘卓玛拉
你像一只自由的小鸟
飞翔在那草原上
你像春天飞舞的彩蝶
闪烁在那花丛中
啊，卓玛
草原上的格桑花

……

一曲终了。

“小溪，你唱得真是太好了！”杨梅一边鼓掌一边说，“其实，国庆文娱演出的时候……”

杨梅突然打住，她有些紧张地望着米小溪。是啊，国庆文娱演出时，米小溪临阵逃跑，这会儿杨梅再提这事儿，正是哪壶不开提哪壶啊，米小溪能开心吗？

哪知米小溪却说：“国庆文娱演出那件事，其实我也很内疚，也很后悔。”

“小溪，你知道吗？得金奖的节目，也是一个独唱，我觉得她唱得不如你深情呢。”杨梅说，“小溪，如果你去唱，一定能唱得更好。”

“是吗？杨梅，是真的吗？”米小溪的眼睛里，泛着希望的光芒，说，“我是说，我真的唱得很好吗？”

“是的呀。你都不知道你自己唱得有多好！下次再有这样的机会，你一定要珍惜。”杨梅说。

“嗯。”米小溪点了点头。

到吃晚饭的时间了，米小溪和杨梅回到了学校。

上晚自习的时候，米小溪见自己的桌肚儿里放着两包咖啡，咖啡下面还压着一张纸条，纸条上面写着：

生活虽然如一杯苦咖啡，但我们要在自己的心里播种阳光，用微笑浇灌，结出甜蜜和希望。

米小溪知道，这是向涛写给自己的纸条。米小溪也知道，向涛是在劝慰自己，希望自己不要计较别人的所作所为，给自己一缕阳光，走出阴霾。

米小溪给向涛回了一张纸条，上面写着：

谢谢你的咖啡！谢谢你的纸条！我会试着播种阳光。

米小溪舍不得喝这两包咖啡，在周末的时候，她把咖啡带回

了家。

老玉米发现了米小溪放在写字桌上的咖啡，她问米小溪：“小溪，这是什么？”

“咖啡。”米小溪说。

“咖啡？”老玉米想了想，说，“当年，你爹不也喝这玩意儿吗？还说是洋货。喊，你都到我这穷山旮旯里来了，还想享洋福？只怕是没生那根福气肠子。我劝你啊，还是好好学做事，有一天，我死了，你才有本事养活自己。我现在就是自己养自己，抓紧做作业，做完了去割草，那些兔子张着嘴巴，要吃草……”

老玉米一阵唠叨后，便出了米小溪的房间。她这一席话，如阴云，把米小溪种在心里的那一缕阳光给遮住了。是啊，已经到这穷山旮旯里来了，又瘸着个腿，成绩也不够优秀，还会有什么出路呢？一辈子待在这穷山沟里，喝得起咖啡吗？喝咖啡，那是一件多么奢侈多么遥远的事情……

米小溪没有心情做作业。她背着背篓，拄着双拐，带着木木，割草去了。

深秋时节，铺天盖地的枯草、树枝和枝叶，青草已不如春夏时节多，但还是能在田埂、菜地等一些土壤肥沃的地方找到。米小溪选择了一块青草长得茂密的旱田，把双拐和背篓放下，跪下来，开始割草。

木木趴在田埂上，看着米小溪割草。它如米小溪的卫士一样，米小溪走到哪里，它就守卫在哪里。

“汪汪——汪汪——”木木叫了起来。

是刘半仙朝这边走来了，他说：“哟，丫头，又出来割草了？”

米小溪没说话。

“丫头，把你的狗喊开，我来帮你割草。”刘半仙满脸堆笑，

讨好着米小溪。

听刘半仙说要来帮自己割草，米小溪顿时浑身冒起鸡皮疙瘩。米小溪没有理睬刘半仙，她装着努力割草的样子，其实她关注着刘半仙的动向，巴不得他赶紧走远一点。哪知，刘半仙不但不走，却慢慢地朝米小溪这边靠近。刘半仙知道老黑狗木木的厉害，所以他也不敢贸然靠近。

“丫头，把狗喊开，我帮你割草，我还可以给你算命。”刘半仙的脸上，露出让米小溪感觉恶心的笑。刘半仙又试着朝米小溪这边走了两步，他从口袋里掏出一个布袋，说：“丫头，我有钱，只要你听我的话，我可以给你钱，听我的话……”

米小溪感觉浑身的汗毛都竖起来了，她尖叫一声：“啊——木木——”

木木仿佛也明白米小溪遇到了危险，它跳起来，朝刘半仙扑去。

“哎哟哟，我打死你这遭瘟的狗东西！”刘半仙一边叫着，一边挥着他那长长的旱烟杆。木木被刘半仙的旱烟杆给吓着了，它只是“汪汪”地叫着，不敢靠前。

米小溪预感到了危险，她大喊：“三爸，三爸，三爸……”

一听米小溪喊“三爸”，刘半仙转过身，一溜烟跑了。木木在后面追，刘半仙蹲下身来，捡起一块石头，朝木木扔来。木木吃过刘半仙的亏，便跑回来了。

米小溪呼喊的声音很大，在地里挖土的老玉米果然听到了，她朝米小溪呼喊的方向跑来，没见着别的什么，便冲着米小溪吼道：“撞鬼了？喊魂啊？不好好割草，喊什么喊？遇上鬼也得给我割满一背篓才能回去。你都来这鬼地方了，就不要大喊大叫，好好给我做事！”

本来，米小溪想告诉老玉米刚才刘半仙来过的事，但被老玉米这么一唠叨，米小溪便一个字也不想说了。

老玉米走后，米小溪用泪水和着汗水，割了满满一背篓青草。她把青草背回家后，便带着木木，朝后山走去。

这段上山的路并不长，但米小溪走得很艰难。一路上，米小溪都在问：走完这一步，还要走多少步呢？这样走下去，等着我的将会是什么呢？难道一辈子就和三爸一样独自生活在这里吗？我的路，到底在哪里？

米小溪躺在大岩石上，嘴里嚼着红籽，她想用红籽的酸涩味掩盖心中的苦涩，但这似乎做不到。望着灰蒙蒙的天空，泪水从米小溪的眼角滑落。

米小溪又想起了向涛送给她的两包咖啡，她喃喃自语：生活就是苦咖啡，苦涩的心田里，根本就种不进阳光……

“咕咕——”木木用头蹭着米小溪，仿佛在说：“小溪，不要哭，有我陪着你呢。”

米小溪起身来，拍了拍木木的头，说：“木木，我给你做花环。”

米小溪从大岩石上下来，径直朝有野菊花绽放的山坡走去。来天堂村五年了，哪个林子长什么菌，哪个山坡开什么花，米小溪一清二楚。

穿过一片树林，米小溪来到一个开满了金黄色野菊花的山坡。米小溪用楠竹丫枝圈了一个环，摘下野菊花，插在楠竹的丫枝上，很快，一个美丽的野菊花环，便做好了。

米小溪给木木戴上了花环，说：“木木，你真漂亮！”

“咕咕——”木木轻声地叫着，仿佛在表示感谢。

半仙之死

初冬的山里，雾气时常终日不散，仿佛整个世界都湿漉漉的。傍晚时分，雾气早早地笼罩着天堂村，把人们赶进屋子里，煮晚饭，吃晚饭，然后钻进温暖的被窝。

星期六下午，米小溪做了作业，打扫了兔屋，眼看着时针已走过六点，米小溪便开始煮晚饭。老玉米坐在厨房的后门口，捆着丫扫。她从一捆楠竹枝中挑出合适的丫枝，用竹篾捆绑。这捆绑可不是简单的活儿，得有力气，还得有技巧，如果没捆牢，用来扫地的时候便会散架。

老玉米的手上，已经布满了老茧，那是生活留下的印迹。这些年来，老玉米一个人，既是内当家，又是外当家，手上的老茧起了一层又一层。

“哟，玉妹子儿，这粗活儿哪能让你来做？”一个可恶的声音，在后门响起。

米小溪不用看也知道是刘半仙来了。

“玉，伸出手来，我先给你算一卦，看今冬运气是霉还是喜。”刘半仙说着，便伸出手来，想去拉老玉米的手。

老玉米动作极为麻利，她抽出一根楠竹丫枝，只听“啪”的一声脆响，丫枝打在刘半仙的手上，只听刘半仙“哎哟”一声，

叫得有些痛苦。

“玉，看你的面相，好兆头哦，这个冬天，有大喜事哟。”刘半仙厚颜无耻地说，“依我看啊，我们的婚事，就定在冬月初八，现在准备也还来得及……”

“滚滚滚……”老玉米不耐烦地吼道。

这刘半仙不但不滚，却又进了厨房。米小溪埋着头，只管往灶膛里添柴，也不看刘半仙一眼。

刘半仙揭开锅，看了锅里的青菜一眼，说：“哟哟哟，吃得太简单了。丫头，明天去我家，背几块腊肉过来，顿顿都要有肉吃，才叫过日子。”

刘半仙又把厨房里的坛坛罐罐揭开来看了个遍，摇了摇头，说：“哎哟哟，还不如我那些罐罐装得满。”刘半仙把脸转向厨房的后门，扯开嗓门喊：“玉啊，明天去我那边，想吃哪样就拿哪来，都是一家人了，不要客气……”

“咳咳咳——”刘半仙咳嗽起来了，因为厨房里弥漫着浓烟。他一边咳嗽一边说：“哎哟，丫头，你这火烧的，咳咳咳——把火膛子拨开，亮出来，才不出黑烟。咳咳咳——”

可不是米小溪不会烧火。米小溪故意把湿柴塞进灶膛里，让灶里冒浓烟，她想用满屋子的浓烟把刘半仙给熏出门去。哪知刘半仙不但不出门，反而走到灶膛边，要来拿米小溪手里的火钳。米小溪不给他，他便顺势捏住米小溪的手，吓得米小溪尖叫起来：“啊——”

情急之下，米小溪咬了刘半仙一口。刘半仙甩着被咬过的手，疼得真咧嘴。

“汪汪——”木木也叫了起来。

老玉米听到米小溪的尖叫，也冲进厨房来了，她大吼：“叫什

么？撞鬼了?”

老玉米同时也看见刘半仙在那愤怒而痛苦的样子，又问：“你甩什么甩?”

“嘿嘿，耗子……耗子……没捉到……被咬了……”刘半仙狡猾至极，他想表达的是，自己想捉老鼠，没捉到，却被咬了一口。

“想吃耗子肉？哼！我怕耗子吃了你。”老玉米一边说，一边往厨房外面走去，她还要继续捆丫扫。

米小溪本想给老玉米说刚才的事，但她真开不了口，老玉米也没有给她开口的机会。

被米小溪咬了一口，刘半仙不敢招惹米小溪了，至少现在不敢。他屁颠屁颠地出了厨房，端来一个木凳，坐在老玉米的身边，说：“我来捆。你这手，留着给我煮饭洗衣服，哪用做这些活儿啊。”

刘半仙说完，准备从老玉米手里接过她正在捆的丫扫。老玉米却用胳膊肘撞开了刘半仙的手，说：“我这手，什么活儿没做过？就差杀人了。”

“哎哟哟，不会拿我开头刀吧?”刘半仙嬉皮笑脸地说。

“不一定。”老玉米说。

……

“三爸，吃饭了。”米小溪在厨房里喊。

老玉米进屋吃饭的时候，刘半仙也跟着进了屋。饭桌上，米小溪只摆了两副碗筷，根本没有预备刘半仙的份儿。刘半仙也脸皮厚，他自己取了碗筷，盛了一大碗饭，坐到老玉米旁边，大模大样地吃了起来。

“唔，这丫头炒的菜还不错。”他一边往嘴里扒饭一边说，“不过，这汤咸了点儿，还差一碗肉，明天去我那里背几块腊肉过

来，这人啊，一天不吃肉就没力气心头慌……”

以前，在饭桌上特别爱唠叨的老玉米，今天却不说话了。这会儿，米小溪特别想老玉米说话，哪怕是不停地骂自己也可以，她就是不想听到刘半仙说话。

“我看啊，兔子就不要养了，那些家伙，不管是天晴还是下雨，都要吃草，软缠人呐。”刘半仙像是在安排自家的事情一样，又说，“我平时出去跑跑，给人家看个相算个命，买油盐酱醋的钱还是有的……”

听刘半仙说话，米小溪头皮发麻，她心里嘀咕着：“这么大一碗饭，还塞不住你的嘴？”

刘半仙继续说：“我说这丫头啊，腿脚也不方便，还读啥书啊？到学校里不怕人家笑话？玉啊，你有那闲钱供她坐车到学校浪费光阴，不如让她出去打工，还可以赚钱添置嫁妆……”

米小溪实在是听不下去了，她夹了些菜放进碗里，离开了饭桌，出门，到屋檐下吃饭去了。

吃过晚饭，老玉米打开屋檐下的路灯，继续捆丫扫。楠竹丫枝很多，老玉米捆出来的丫扫，除了自己用，多余的可以拿到镇上去卖，也能换回不少钱。刘半仙坐在一旁，不停地说要帮老玉米捆丫扫，可就是不动手，看来，他就是一个只会说好话却不愿意实干的懒人。

刘半仙靠的就是嘴上功夫。他打着看相算命的幌子，村里村外，招摇撞骗。逢到穷人说人家需要转运，但得花钱；逢到富人说某个时辰有劫难，需要化解，但得花钱；逢到生意人说知道人家的开运方在哪里，但得花钱；逢到谈婚论嫁的人说……总之，那些相信命相的人，都是主动地把钱送到了刘半仙的手里。刘半仙曾独自嘀咕道：“上当受骗，自觉自愿。”

米小溪一边收拾碗筷，一边听着外面的动静，她真希望刘半仙赶快离开这个家，她害怕刘半仙，厌恶刘半仙。

米小溪收拾完碗筷，见刘半仙还没有走，便进了自己的房间，把房门反锁上了。米小溪拿出日记本，开始写日记：

三爸：

三爸，你为什么不赶他走？这里是你的家，是我们的家，为什么要任由他来来去去？三爸，如果你留下他，一定是引狼入室。

我们生活得好好的，为什么一定要让一个毫不相干的人闯进我们的生活呢？家里家外的事情，你都可以做很好，我也会尽力帮你做一些事情。我觉得，我们就这样生活，挺好的。

三爸，刘半仙这样的人，是靠不住的。他整天在外面干的就是骗人的勾当，如果来到我们家，他一定会骗你。反正我觉得他是黄鼠狼给鸡拜年——没安好心。

三爸，你赶快把他赶走吧，这种人待在家里，就像一颗炸弹一样，随时都会有危险。

就算你非得要找一个人和你一起撑起这个家，你也不能把这样一个无赖留在家里。如果他真的留下了，我肯定会离开，我害怕他，我恨他，我恨不得让木木咬死他！

三爸，把刘半仙赶走吧，他就是个十足的无赖！

小溪

“老头子，你看，人家都坐到一起了。哎哟，现在的人啊，真是不要脸。”姜老太婆对姜老头说。

原来，姜老太婆透过门缝，看见了坐在屋檐下的老玉米和刘半仙。

“那是刘半仙赖着不走，米玉可没那心思。”姜老头说，“她能看上好吃懒做的刘半仙？”

“哼，你以为她一个寡妇的日子好过？还不是想找个靠山，你别为她立贞节牌坊。”姜老太婆不屑地说。

再说老玉米把那些楠竹丫枝都捆成了丫扫以后，拿出脸盆，打了些水来洗手。刘半仙也想把手伸进脸盆里洗，老玉米动作快，她端起脸盆，把水泼了出去。刘半仙洗了个空，只好“嘿嘿”地干笑几声。

刘半仙很狡猾，他赶在老玉米进屋之前，抢先溜进了屋。他知道，如果老玉米先进屋，他十有八九会吃闭门羹。

“哎哟哟，老头子哎，你看你看，都进屋了。”姜老太婆撇着嘴，对姜老头说。

“去去去，少管闲事！”姜老头说。

“你还不滚回去？”老玉米进屋来，冲着刘半仙吼道。

“嘿嘿，那个……那个……天都黑了，看不见路了。”刘半仙嬉笑着说。

“你不走？那你睡兔屋。”老玉米说完，就把刘半仙往兔屋里推。

老玉米真是力大无比啊，她推推搡搡，几下就把刘半仙推进了兔屋。老玉米顺手把门拉过来扣上，再捡起一根楠竹丫枝，把门给闩上了。

“玉妹子，玉妹子……”刘半仙在兔屋里推着门，“放我出来，放我出来……”

老玉米没有理睬刘半仙，回到自己的房间里，钩毛线鞋去了。

刘半仙在兔屋里，东瞧瞧，西看看。角落里有一间破床，缺了一条腿，床上铺有一些发霉的稻草，上面还有一床破棉絮。刘半仙抖了抖这床破棉絮，一股霉味儿扑鼻而来。刘半仙把破棉絮一扔，嘴里骂道：“狗娘养的老玉米，还真狠得下心！我迟早要让

你跪下求我！”

刘半仙在兔屋里转来转去，没有找到可以睡得下去的地方。

“砰砰砰——”刘半仙开始使劲地拉门。但是，这扇看似不怎么结实的门，刘半仙却没办法把它拉开。

怎么办呢？刘半仙开始打兔子们的主意了。他在兔屋里使劲地跺着脚，兔子们惊慌得四处乱跑。跺了好几分钟的脚，也不见老玉米来开门，刘半仙急了，他开始追赶兔子。刘半仙抓住两只兔子，把它们悬在空中，使劲地摇晃着。兔子哪能受得了这样的惊吓，它们“叽叽叽”地叫了起来。

老黑狗木木耳朵灵，它听到兔子的叫声，跑到兔屋门口，“汪汪汪”地叫了起来。

兔屋里的刘半仙骂道：“咬咬咬，老子打死你，炖汤。”

米小溪也听到了兔子的尖叫，但她不敢出门来，只把耳朵贴在门上听外面的响动。

老玉米听到兔子的尖叫和木木的叫声后，来到了兔屋门口。老玉米拍了几下门，说：“兔崽子，叫什么叫？想出来？那就老实点儿。”

刘半仙知道老玉米在骂自己，但他不生气，他央求道：“玉，放我出来，把我冷出病来，你还得给我熬药，多麻烦啊。”

老玉米开了门，说：“你自个儿回去吧。”

“外面下雨了，天黑，路又滑，摔断了腿，你给我养老啊？”刘半仙厚着脸皮说，“我就不走了。”

“去去去——”老玉米推着刘半仙，往后门走。

“哎哟，你还假装什么正经哟……”刘半仙就是不愿意走，他和老玉米推搡起来。

“汪汪——”木木在一旁叫了起来，它以为这两个人在打

架呢。

“哎哟！”老玉米被木桶给绊倒在地，那刘半仙真不是个东西，他顺势倒下去，假装摔倒，想占老玉米的便宜。

在房间里做作业的米小溪听到了木木的叫声，还听到了老玉米被木桶绊倒在地的声音，她什么也没想，便从房间里冲了出来。这时候，米小溪看见老玉米使劲一推，把刘半仙推开，老玉米翻身爬了起来。刘半仙也从地上爬了起来，准备拉住老玉米，老玉米用力一推，又一把推开了刘半仙。正巧，刘半仙撞到了米小溪身上。

刘半仙可真不是人啊，他装着要摔倒的样子，一把抱住米小溪，还把一张臭嘴凑到了米小溪的脸上。米小溪一阵恶心，她使尽全身力气，一把推开刘半仙。

“啊——”

刘半仙怪叫一声，便倒在地上。他抽搐了几下，便不再动了。

“呜——”木木发出一声长长的哀鸣，仿佛在预示着什么。

老玉米和米小溪都待在原地，她们一时反应不过来，不知道发生了什么事情。

过了十来秒，刘半仙还是没有动。老玉米走过去，用脚踢了刘半仙一脚，骂道：“你还装死！起来！”

其实，老玉米这骂声，真不如平时狠，甚至在颤抖。或许，老玉米已经预感到，出大事了。

听到老玉米那颤抖的声音，看到地上一动不动的刘半仙，米小溪吓坏了，她全身颤抖着，双手抱头，瘫软在地。

老玉米吓坏了，她大喊：“刘半仙，刘半仙，你这不要脸的……不要吓我啊……刘半仙……”

老玉米的声音很大，惊动了姜老头和姜老太婆。

好事的姜老太婆，从看到刘半仙进了老玉米的屋以后，便一直竖着耳朵听着那边的响动。当姜老头和姜老太婆听到刘半仙那声惨叫的时候，都吓得大气也不敢出。而后，他们又听到了老玉米呼叫刘半仙的声音。

“老头子……出事了……”姜老太婆说。

“是……可能是……出事了……”姜老头说。

姜老太婆和姜老头又愣了片刻，姜老头说：“过去看看吧，要出了什么事，可别吓坏了那丫头。”

姜老头和姜老太婆来到了老玉米家。一见那场景，姜老太婆吓得两腿直哆嗦。姜老头稍镇静一些，他对米小溪说：“丫头，进屋睡觉去吧，这里没有你的事。”

姜老太婆把颤抖着的米小溪送回房去了。

“丫头，不要怕，不要怕……”姜老太婆在说这话的时候，声音也是颤抖着的。这大半夜的，死了个人，谁不害怕啊？

老玉米抽泣着。这个大大咧咧的女人，在别人的眼中，是那么的强悍，或许外人还从未见过她哭。而今，面对屋里死了个人，她万般无奈，哭了起来。

“大妹子，不哭不哭……”一向把老玉米当成敌人的姜老太婆，安慰着老玉米。

“怎么就死了？是不是装死？”姜老头说着，把手伸到刘半仙的鼻底，探了探，“哎哟！”

姜老头又把耳朵贴近刘半仙的胸口，听了几秒钟，说：“不跳了……可能……死了……是不是得急病……”

“他不是人……那个……那个……一推……就死了……”老玉米说着说着，又哭了起来。

“人都死了，得想想办法啊。”姜老头说。

“想什么办法？莫非还能把死人整成活人？”姜老太婆说，“整副大棺材，选块地，把他埋了，也算对得起他了，本就不是什么好人，成天东骗西骗的。”

“死了人，是天大的事！只怕是埋下去了，也得抠出来……”姜老头说。

“唉。”姜老太婆叹息着。

……

姜老太婆毕竟是个没文化没修养的妇道人家，当天晚上，她还替老玉米和米小溪担忧，转眼到了第二天，她到镇上赶集，便把刘半仙死在老玉米家的事情给传了出去。人们添油加醋地传着这件事，各种版本的消息，在四面八方流传开来。

当天下午，就在老玉米为刘半仙备好了棺材的时候，刘半仙的一个远房表侄赶到了天堂村。那是一个绰号叫“鬼火儿”的三十岁左右的年轻人，一副泼皮无赖相，一看就不是正经人。

“表叔死在你们屋里，责任就在你们身上，他算命挣了不少钱，你们一定是谋财害命。你们说他有病，那他为什么不死在自己屋里，偏偏死在你这里。我肯定要为表叔申冤。第一，你们拿了他多少钱，都要还回来，十万八万总是有的。第二，我要告到法院，你们不光是进监狱，还要赔命钱，三五十万总是要赔的吧。第三，你们要像安葬自家老人一样安葬我的表叔。”鬼火儿说。

老玉米拿不出那么多的钱，鬼火儿也不让刘半仙下葬。闹了两天，鬼火儿报了案，说老玉米谋财害命。

这几天，米小溪没有去上学，她蜷缩在自己的房间里，偷偷地流泪。刘半仙是她推倒在地的，她想：“杀人偿命，我肯定要进监狱了。要让我赔钱，我也没有钱，三爸也没有那么多的

钱，这下，我们肯定完了。”

老玉米暗地里特意叮嘱米小溪：“你不要说人是你推倒的，就说是我推倒的。一定记住啊！我这老命一条，不怕。我把存折放在……如果我没了，你要把存折保管好。”

老玉米像安排后事一样叮嘱着米小溪。米小溪哭得很伤心，她想：“以后的路，要一个人走，怎么办？”

然而，法医尸检的结果是：刘半仙因心脏病突发身亡。

但是，鬼火儿也不是省油的灯，他对老玉米说：“第一，你要好好安葬我家表叔。第二，他总归是死在你的屋里，你得赔偿一万块钱，我是他的继承人，这钱就归我。如果达不到这两个要求，你家的小妞儿就归我了。”

再强悍的老玉米，也怕鬼火儿打米小溪的主意，她和鬼火儿讨价还价，最后的结果是：安葬好刘半仙，再给鬼火儿八千元钱。

寒冬里的温暖

今年的寒冬，比往年来得更早一些。老玉米的家里，笼罩着冰冷的气氛。埋葬了刘半仙，又被鬼火儿讹去八千元钱，老玉米的脸上，只有愁与怒。

米小溪开始害怕回家。老玉米的唠叨中，似乎夹杂着狠毒的味道，把米小溪压抑得喘不过气来。

“你一推，就把人推进棺材……推掉一大堆钱……你又挣不来一分钱，只会败家……要不是你，那八千块，我就不会给鬼火儿那挨千刀的……我上辈子造孽，欠你的，这辈子来还你……你爹妈倒是好，早早地到阴间，把你丢给我……”老玉米总是重复着这样的话。为了刘半仙这事儿，她花掉不少钱，她心疼得直咬牙，恨不得把仇恨咬出来。老玉米对鬼火儿无奈何，只有在米小溪身上出气。

每当老玉米唠叨发火的时候，米小溪便低着头，忍着眼泪。等老玉米唠叨完了，米小溪便到自己的房间里去，把自己蒙在被子里，偷偷地哭。

这一天，米小溪从学校回来，老玉米不在家。米小溪想起了老玉米曾说过的存折的事，她便到老玉米所说的地方去找。但是，米小溪什么也没找到。

“哼，转移地方了。那些钱，肯定是我的孤儿补助。”米小溪小声嘀咕着，“还骂我不会挣钱，我每个月都是有钱的呀，那些钱是国家补助给我的，她凭什么拿去私存着？”

米小溪继续找存折，最后她开始翻老玉米睡的那张床。米小溪刚把棉絮翻起来，老玉米便回来了。

“你这死丫头，找什么找？你要抄了老娘的家底儿是不是？把你养大了，你翅膀硬了想飞了是不是？好啊，你滚，你给我滚，滚远点儿！”老玉米愤怒地吼道，“你找什么找？找钱是不是？好，我来给你找。”

老玉米说着，冲进屋来，揭开床上的棉絮，扔到地上。再揭开棉垫子，扔到米小溪身上，说：“你拿去，拿去给我滚！滚远点！”

米小溪哭着朝屋外走去。可是，她在单腿跳过房门槛的时候，脚被门槛钩住，摔倒了。这下摔得可不轻，腿火辣辣地疼，米小溪眼泪止不住地流下来。

“你看你这点德行，走步路都成这样子，还想飞多远？我要是狠心肠赶你出去，你活不过这个冬天。”老玉米吼着，“哭什么哭？还不去煮饭！要我煮好饭来服侍你？”

米小溪起身来，一边擦眼泪，一边朝厨房跳去……

夜晚。米小溪在收拾碗筷的时候，老玉米从灶膛里夹出一些炭火，放进火盆里，她坐在火盆边上，钩着毛线鞋。

“小溪，来，钩毛线鞋。”老玉米说，“钩一双能赚三四十元钱。”

米小溪什么也没说，便坐到火盆旁，和老玉米一起，开始钩毛线鞋。

“刘半仙那龟孙子，差点要了我这条老命。老子挣了大半辈子，就给他买棺材用了……老子命不好，屋里来不得男人……你也是，吃饱了饭长了力气，不用在做活儿上，偏要用在那龟孙子

身上……你一推，就把我的家当都推光了……”老玉米一边麻利地钩着毛线鞋，一边唠叨着。

“叭嗒——”一滴眼泪，从米小溪脸颊滑落，落在毛线鞋上。

老玉米可不管米小溪的感受，她一边钩毛线鞋，一边继续她的唠叨：“你爹妈才真的没良心，不把你养大就跑了……你这辈子是赖上我了。我供你吃，供你穿，供你住，还供你读书，你倒好，还要给我惹祸……下回你要惹祸之前，最好先把我送进棺材，我眼不见心不烦……”

米小溪一句话也不敢回，她埋着头，努力地钩着毛线鞋。

“我跟畜生一样，白天当牛做马，像石磨一样转来转去，从屋里转到山坡里，从山坡里转回屋里……你倒好，在家里享福不说，还要闯祸，非要把我那几分养老钱整光了……”

那些毛线鞋上，不知道藏着老玉米多少唠叨。

米小溪在老玉米的唠叨声中蹦出了一个想法：“我要挣钱，我要存钱，我要独立生活！”

于是，米小溪瞒着老玉米，把平常节约起来的生活费拿去买了钩毛线鞋所需要的材料：鞋底、毛线、钩针。米小溪在回屋睡觉后，便偷偷地钩毛线鞋。她还把毛线鞋带到学校，中午或下午有空余时间，她便到小河边上，找一个没有人的地方钩。

星期天，米小溪返校后，便把自己钩好的两双毛线鞋拿到学校所在的镇上去卖。

“哟，真漂亮！多少钱一双？”一个中年妇女拿起毛线鞋，问米小溪。

“五十。”米小溪的声音很小，小得几乎只有她自己能听见。

“多少？”那中年妇女问。

“四十五……”米小溪降了价，她以为中年妇女再次问价格，

是因为自己要价太高。其实，中年妇女是没有听清楚米小溪的要价。

“四十五？有点贵了。”中年妇女摇了摇头。

“……”米小溪张了张嘴，没有说出话来。

“四十吧，我买一双。”中年妇女说。

“嗯。”米小溪点了点头。

中年妇女付了钱，拿起毛线鞋，乐呵呵地走了。走了一段路，中年妇女高兴地说：“那边卖五十五呢，我买到便宜货了……”

其实，米小溪也知道自己卖得太便宜了。老玉米曾说过，这样的毛线鞋，拿到镇上至少要卖五十五元一双。但是，米小溪想：成本不到二十元钱，能卖到四十元钱一双，已经足够好了。

米小溪捏着手里的钱，她很激动。这是自己赚的钱啊！本来，米小溪在家里也在帮老玉米养兔赚钱，但老玉米把卖兔子的钱都收起来了，她还是那句唠叨了无数次的话：“我供你吃，供你穿，供你住，还供你上学……”

还有一双鞋没有卖呢，米小溪焦急地等待着。

“小溪？”杨梅看见了米小溪，她不敢相信，那个卖毛线鞋的女孩，会是米小溪。

杨梅还是怕认错了人，她悄悄地靠近了一些，确定：卖毛线鞋的女孩，真的是米小溪。

杨梅在边上守了好一会儿，米小溪都没能卖掉那双毛线鞋。米小溪卖鞋的地方，人流量不大，从这里经过的人，多数是赶路的，而不是逛街采购的。杨梅想了想，飞快地跑了。

不一会儿，一个二十岁左右的姑娘来到米小溪身边，问：“这么漂亮的毛线鞋，多少钱一双才卖呢？”

“五……哦……四十……”米小溪说。米小溪原本准备要价五

十元，但她担心人家嫌太贵，不愿意买，她急于把毛线鞋卖掉赶去学校，所以，她在一瞬间降了价。

“好吧，我买下了。”姑娘一边说，一边从钱包里掏出了四十元钱，递给米小溪。

米小溪怀揣着卖毛线鞋的钱，高兴地朝学校走去。杨梅一直跟在米小溪的身后，也到了学校。

细心的杨梅在寝室里发现了米小溪的鞋底、毛线和钩针。杨梅在和米小溪的聊天中，打听到米小溪在家里和她三爸一起钩毛线鞋的事，米小溪还说，家里存着一些没卖出去的毛线鞋。杨梅思来想去，便找到了学习委员向涛。

“向涛，米小溪和她三爸钩了好多毛线鞋，还有好些没能卖出去。”杨梅说。

“我们想办法凑钱买过来吧。”向涛说。

“嗯，但这不是一笔小数目啊。”杨梅说。

“可以召开班委会，商量一下这个事。”向涛说。

“行。”杨梅说。

“但这事绝不能让米小溪知道。”向涛说。

“嗯，我们想到一块儿了。”杨梅说。

俩人商量一番后，决定召开班委扩大会议，科代表和小组长都参加了这次会议……

又一天，米小溪在卖自己钩的毛线鞋的时候，一个中年男子竟然对米小溪说：“姑娘，我要三十双毛线鞋，六十元一双，不限鞋码，你可以尽快给我吗？我拿到外地去卖。”

米小溪用诧异的眼光打量着眼前这个中年男子，她不敢相信他说的是真的。

“姑娘，我可以付订金。”中年男子说，“但我得知道你是哪里

的人。”

正当米小溪在犹豫的时候，杨梅出现了，她故作惊讶地说：“哎哟，三叔，你怎么在这里呀？”

那中年男子说：“杨梅，我想预订她的毛线鞋。”

“哦，她叫米小溪，是我的同学。”杨梅说。

“这样啊，那你和她说说，我想预订一些毛线鞋，我可以预付一些钱。”中年男子说。

杨梅又故作惊讶地问米小溪：“小溪，这是你三爸勾的毛线鞋吧？好漂亮啊！”

“嗯。”米小溪应了一声。

“小溪，我三叔在外地做生意，你不认识他，你总该相信我吧？”杨梅说，“你三爸不是动作挺麻利的吗？你打个电话回去，让她加加班，赶一批毛线鞋出来吧。”

当米小溪打电话回家，把这个消息告诉给老玉米的时候，老玉米根本不相信，她说：“你这死丫头，和外人合伙骗我的毛线鞋是不是？哼，我才不上当！”

周末，米小溪把订金带回家交给老玉米，老玉米虽然收下了订金，但她还是不相信有这样的事，她说：“就这点钱就想买我三十双毛线鞋？门儿都没有……不过，我还是想去看看，是哪个骗子，还想打我的主意，看我不收拾他……不过，这钱我得收下，送上门来的财，不收白不收……”

米小溪返校的时候，老玉米背着这段时间积存下来的三十余双毛线鞋，来到了米小溪上学的镇上。

杨梅和那个中年男子已早早地等候在约定的地方了。杨梅对中年男子说：“一会儿小溪来了，你千万要少说话啊，小溪很敏感，要是被她觉察出什么来，会伤她的自尊心的。”

“好的，我知道了。”中年男子说，“你们帮同学帮到这份儿上，真是了不起啊。”

“先别说了，小溪来了。”杨梅低声说。

杨梅跑过去迎接米小溪和老玉米，她高兴地说：“小溪，阿姨，我们在这里等你们好久了。”

杨梅说完，伸出手来，准备从老玉米背上接下那个装有毛线鞋的背篓。老玉米却推开杨梅，冷冷地说：“少来这套！想抢我的东西是吧?”

一听老玉米这么说，杨梅不知如何是好。刚伸出手来也准备接背篓的中年男子愣了几秒钟，便从钱包里拿出一沓钱来，递到老玉米面前，说：“大姐，这是付了订金后的差价，你数数，三十双毛线鞋的钱。”

“我看看，不要拿假钱来骗我。”老玉米接过钱，先是数了一遍，然后一张一张地检验起来。

检验完毕，老玉米没有发现假钱，她才把背篓放下来，把装有毛线鞋的麻袋从背篓里取出来，放在地上，说：“拿去，麻袋也送给你。”

“好好好，谢谢，谢谢！”中年男子说，“以后，你们钩了毛线鞋，要记得找我哦。”

……

老玉米走了，买毛线鞋的中年男子也走了。

米小溪对杨梅说：“谢谢你啊！”

“你不用谢我。我三叔应该谢你才对，他把你们的毛线鞋拿到外地去，能赚一笔钱呢。”杨梅说。

……

米小溪依旧悄悄地到小河边上钩毛线鞋。然后，自己拿到集

市上去卖。而且，几次下来，米小溪都卖得比较顺利，她摆出毛线鞋来，总是不到半个小时就能卖掉，人家出的价钱也不错。

怀揣着自己挣来的钱，米小溪很开心。她想：“我要努力挣钱，将来，要是三爸不要我了……”想到这里，米小溪又会伤感起来。她看不到希望，她不知道自己的未来在哪里。

一天，米小溪在河边钩了一会儿毛线鞋，见天色渐晚，便回了学校。她没有去食堂吃饭，直接朝教室走去。刚到教室门口，就听到赵小山在叫卖：“卖鞋喽，卖鞋——”

赵小山提着一只鞋，站在讲台上吆喝着：“卖鞋喽，卖鞋——”

这只鞋是向涛的，为了方便打篮球，向涛在教室里放了一双运动鞋，方便随时换上去运动场。

米小溪不喜欢赵小山这副捣蛋样儿，她不想进门，便在教室外面的花坛边上坐了下来，听着赵小山叫卖。

这时候，是吃晚餐的时间，多数同学都去食堂了，教室里只有几个人，其中就有赵小山和吕寒。

赵小山见下面没人应答，又大喊：“卖鞋喽，又结实又温暖的毛线鞋咧——”

“又结实又温暖的毛线鞋”，这句话传进了米小溪的耳朵里，米小溪感觉特别刺耳。

紧接着，吕寒开始接话了：“本山大叔，要我说，这毛线鞋就别卖了。”

见有人接话，赵小山得意起来，他亮开嗓门儿大声问：“这是为啥呀?”

“满大街都是腿脚好的，需要两只鞋才够，你这只有一只鞋，卖给谁呢?”吕寒问。

“你这废话，不卖了? 钩这毛线鞋，又搭工又搭料，一天一宿

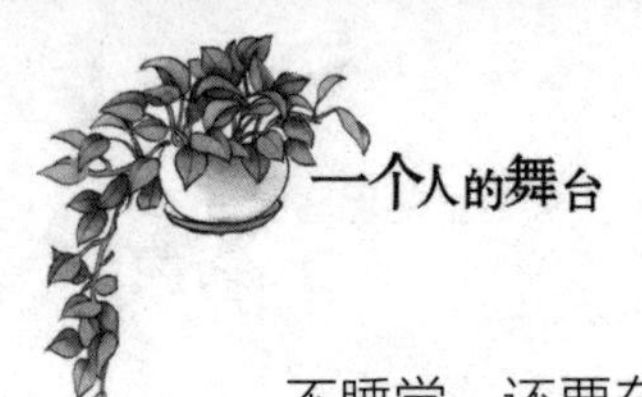

不睡觉，还要在河边喝西北风，放在寝室里还得防强盗，不卖不就赔了吗?”赵小山喊得一本正经。

坐在花坛旁的米小溪听到赵小山的话，脸色都变了，她手脚发凉，心想:“我在河边钩毛线鞋，被赵小山发现了吗?”

这时候，吕寒的声音又从教室里传了出来:“哎呀，这满大街都是腿脚好的，你这只有一只鞋，能卖出去吗?”

赵小山反应很快，他马上接了话茬儿:“还不了解我吗? 还管我叫大忽悠呢。我能把正的忽悠邪了……小两口过得挺好的，我把他忽悠分别了……今天我卖一只鞋，一双好腿，我能给她忽悠瘸了……”

听到这话，米小溪的眼泪忍不住掉了下来。这会儿，杨梅刚好吃过晚餐回来，她听到了赵小山的话，也看见了流泪的米小溪。

“哈哈哈!”吕寒大笑着说，“那么，我给你推荐一个买鞋的对象吧。”

“谁呀? 你就推荐上来吧。要是我卖掉了这只鞋，我给你五五分成。”赵小山说。

“这还用问吗? 她就是咱们班学习委员的那个……那个……那个……压寨夫人……哈哈哈!”吕寒笑得很放肆。

杨梅忍不住了，她冲进教室，大声说:“赵小山，吕寒，你们太过分了!”

赵小山是个小捣蛋鬼，只要有人出面管他，他就蔫了。见杨梅生气了，赵小山便老实地坐到了座位上。吕寒却对杨梅的斥责感到不服气，她大吼:“你凭什么说我过分了? 我的零花钱，都拿出来买鞋了……”

吕寒的话还没说完，便被杨梅打断:“你用零花钱买你喜欢的皮鞋，难道还要怪我们?”杨梅一边说一边朝吕寒打着手势，示意

她不要乱说话。

吕寒被弄得莫名其妙，她不解地望着杨梅。杨梅小声说："我求求你别再闹了，小溪就在外面……"

"哼！"吕寒小声嘀咕着，"只有她的自尊心伤不起！你们都护着她。我就看不惯你们护着她……"

赵小山和吕寒停止了闹腾。杨梅出了教室，来到米小溪身边，她说："小溪，别往心里去。赵小山和吕寒就是一对活宝，像幼儿园的小朋友一样不懂事，不要和他们一般见识。我还要告诉你一件事，皮老师和何老师都想让你去参加合唱团，他们说，如果你愿意的话，会让你领唱。"

"领唱？真的吗？"米小溪的眼睛里，闪出一丝光亮。

"是呀，刚才皮老师来找过你，见你不在，便把这事和我说了。"杨梅说，"我去食堂吃饭的时候，又碰见了何老师，她也对我说了这事儿。"

"噢。"米小溪看着自己的瘸腿，刚才还闪在眼里的那一丝光亮，又熄灭了。

"小溪，皮老师和何老师都说，在合唱团里，只有你最适合领唱。"杨梅说。

"是吗？"米小溪问。

"皮老师和何老师都这么说，他们听过你在河边唱歌……"杨梅突然发觉自己说漏了嘴，她赶紧说，"他们都是在路过小河边的时候，听见过你唱歌。"

……

快下晚自习的时候，米小溪收到了向涛写给她的纸条：

米小溪，愿你在音乐的殿堂里找到幸福！

回到寝室，米小溪一边洗脚，一边在日记本上写道：

……

小溪，别怕！别怕那些盯着你的瘸腿的目光，你一定要勇敢地走上舞台，走上那属于你的舞台。

小溪，音乐的殿堂是那样的美丽，是那样的令人向往，你必须克服自卑，必须加油，必须珍惜大家为你提供的机会。

小溪，当你勇敢地站在舞台上尽情歌唱的时候，那个卖拐卖鞋的赵小山，那个嫉妒你的吕寒，还有什么理由看不起你？

……

第二天的课外活动时间，米小溪勇敢地向合唱团的活动室走去。当拄着双拐的米小溪出现在活动室门口的时候，合唱团的何老师和同学们把最热烈的掌声送给了米小溪。

米小溪流泪了。这一次，她流的不是伤心的眼泪。

何老师排练的合唱曲目是《半个月亮爬上来》，这段时间，何老师一直找不到适合的领唱。《半个月亮爬上来》这首歌，米小溪很早就会唱，所以，米小溪马上就进入了角色。

半个月亮爬上来
咿啦啦，爬上来
照着我的姑娘梳妆台
咿啦啦，梳妆台
为什么我的姑娘不出来
咿啦啦，不出来
……

今天的排练很成功，米小溪和同学们都练得很投入。排练结束后，何老师陪着米小溪下台阶，她说：“小溪，谢谢你能回到我们的合唱团来！你唱得多好啊！我想，将来有一天，我们一定会在电视上看到你的身影，听到你的歌声……”

米小溪拄着双拐，走在校园的林荫小道上。寒风袭来，米小溪紧了紧衣领。然而，在这寒风中，米小溪的心里分明感受到了丝丝暖意。

黄桷树下求姻缘

星期六的下午，米小溪割满了一背篓青草。米小溪和木木坐在后山的那块大岩石上。

“木木，我唱歌给你听，你一定要听哦。”米小溪说完，便放声歌唱：

……

请你把那纱窗快打开
咿啦啦，快打开
咿啦啦，快打开
把你那玫瑰摘一朵
轻轻地，扔下来
再把你那玫瑰摘一朵
轻轻地，扔下来

……

“汪汪——汪汪——”木木起身来，朝着远山叫了几声，又依着米小溪，躺了下来。

“木木，我跳舞给你看，你要认真地看哦。”米小溪说完，站起身来，开始舞蹈。

虽然只是简单的舞步，但米小溪舞得很认真。是啊，这是属

于米小溪的舞台，她可以尽情地歌唱，尽情地舞蹈。

“木木，你看我跳得好看吗？以后，我会拥有自己的舞台，一边歌唱，一边舞蹈。”米小溪单腿支撑，舞得很累，但很开心。

“哎呀——”米小溪摔倒了。

“呵呵，木木，我太不小心了，你可别笑话我哦。”米小溪抱着木木的头，说，“下个月，我们合唱团要出去演出，我会努力，争取给我们的合唱团争光。”

米小溪休息了一会儿，又起身来，一边舞蹈，一边歌唱：

……

我的心爱在高山

高山深处是巍巍的大兴安

林海茫茫云雾间

矫健的雄鹰俯瞰着草原

呼伦贝尔大草原

白云朵朵飘在我心间

……

“哎哟哟，也不拿镜子照照，都啥样儿了还跳舞，真是……”姜老太婆在岩石下面喊，“丫头，还不回去，你们家都要被别人霸占了，好多人哎……”

姜老太婆也不把话说明白，背着背篓，急匆匆地走了。

米小溪不明白是怎么回事，她对木木说：“木木，走，我们回去看看。”

还没走到家门口，米小溪便听到屋里传出说话声，好多人的声音混在一起，男人的女人的，七嘴八舌。米小溪走到后门口，放下背篓，悄悄地靠在墙根下，听着屋里的说话声。米小溪拍了拍木木的头，说：“木木，别出声儿。”木木仿佛听懂了米小溪的

话，它安静地靠着米小溪，不吭声儿。

“福贵福贵，大福大贵哦。”

“是哎，米玉，这下，你掉进福罐罐儿里喽。”

“真是难得的好姻缘。”

“福贵能干，米玉也勤快，这个家，会红火起来的。”

……

米小溪听明白了：有人给老玉米说媒来了。这样的事，米小溪已见过多次。印象最深的是那一次——

那是米小溪刚到天堂村那年，有人给老玉米介绍了一个男人。这个男人估计有六十岁左右，他不管见了谁，都会先翻一翻眼睛，米小溪在心里给他取了一个名字——“翻白眼儿”。

这个男人很快就住进了老玉米家。一开始，他还算勤快，每天都和老玉米一起出门做农活儿。可渐渐地，他不愿意出去做活儿，他对老玉米说：“我是来当家的，不是来做活儿的。”

老玉米也不客气，她对翻白眼儿说：“当家就要当出个名堂来，你让我的存折上的钱多得再也存不进去了，你就可以天天待在屋里享福。”

“哟嗬嗬，你把我当摇钱树了？”翻白眼儿鼓着一对死鱼般的眼睛，瞪着老玉米。

“我把你当摇钱树？你身上哪点儿东西值钱？”老玉米冷笑着说，“哼，我可从来没指望在你身上摇钱，我只指望在地里刨钱。”

“你以为你值钱？你就是白送，也没有人要！你以为我稀罕你！”翻白眼儿愤怒了。

“你不稀罕？那你滚啊！滚啊！滚出去！不要在我的屋里闹！”老玉米推搡着，把翻白眼儿推出了家门。

翻白眼儿在门外喊：“我做了活儿，你要付我工钱。”

“笑话！你在这里白吃白喝白住，付钱了没？滚！”老玉米一边说，一边关了门。

翻白眼儿骂骂咧咧地走了，再也没露过面。

后来，陆续有媒人上门来，给老玉米介绍婆家，但都因为各种各样的原因，最终没能成亲。

这些年，外面一直流传着一些话，说老玉米八字大，克夫，当年老玉米那个男人，就是被老玉米克死的，还说老玉米的屋子风水不好，谁住进去谁倒霉，等等。或许是因为这些传言，好事的媒人也不怎么愿意再给老玉米提亲，也没有哪个男人再进到这风水不好的屋里来。唯有罗锅和刚死去的刘半仙胆大，敢来冒险。

只是，刘半仙应了这屋子风水不好的说法，真在这里倒了霉，送了命。然而，刘半仙死后，又有人说：老玉米那屋子，因为刘半仙之死，把霉运全带走了，所以，谁去谁享福。或许因为这个原因，媒人又带了一个男人来，这个男人便是他们在谈话中提到的朱福贵。

朱福贵在来之前，媒人对他说：“你姓朱，是猪投胎，猪喜欢吃玉米，正好能降得住那老玉米。”

老玉米见朱福贵憨厚老实，朱福贵见老玉米做事麻利，双方都觉得不错，便答应了这门亲事。朱福贵带着老玉米马上赶回到他的家，收拾好自己的衣物和值钱的东西，他们一人挑了一大担，朱福贵还背了一个大背篓，连夜赶回老玉米家。

老玉米和朱福贵到家的时候，姜老太婆那边的门还开着一条缝。姜老太婆见他们回来了，便对姜老头说：“老头子，我就不信他朱福贵能啃得动老玉米。哼！我就不信她老玉米能大福大贵。”

“哎哟，睡睡睡，睡觉！你这大半夜的不睡，就是等着看他们回来？哎哟哟，少管闲事。”姜老头说，“米玉一个人也熬得苦，

有个男人帮着她也好……”

姜老太婆不服气了，她说：“嗬，你同情她了？怎不同情一下我？我天天为你做牛做马，你倒好，去同情隔壁的寡妇……”

姜老头懒得再听姜老太婆唠叨，进屋睡觉去了。

老玉米和朱福贵忙着收拾搬过来的东西。米小溪也没有睡，她正在写日记：

刘半仙的风波刚过不久，家里又多了一个男人。

这个男人看起来还不坏，应该是个老实人。不过，人们常说：“人心隔肚皮。”也有人说：“人不可貌相。”他到底是一个什么样的人，要相处一段时间才能知道。

我真希望三爸能得到幸福。其实，三爸的幸福或许很简单，有个男人帮她撑起一块小小的天空，让她有安全感，别人不再说她的闲话，不再说她命里克夫，她便会感到幸福了。

三爸的脾气很坏，我想，这可能与她守寡（我知道在这里用这个词不好，但我找不到合适的词来替代）有关。很多时候，我都非常恨三爸，恨她爱唠叨，恨她爱在我身上出气，恨她把我的孤儿补贴费私藏起来……不过，有些时候我又觉得三爸挺好的，比如她教我钩毛线鞋，给我做割草用的膝盖垫，天冷了，她还会给我的床铺添棉被……这就是人们所说的“刀子嘴豆腐心”吗？然而，我还是不怎么喜欢她……

我给三爸钩了一双毛线鞋，但我没有送给她……

家里多了一个男人，我不知道将会发生什么样的事情。哎，米小溪，别想得太多，相信一切都会好起来的。

第二天一大早，米小溪刚从房间里出来，便见朱福贵已割了一大背篓青草回来了。

“你看你，你看你，一大早就去割草，人家还以为我虐待

你。”老玉米唠叨开来，“有你做事的时候，也不差今早这一回。外人看见了，还以为我米玉对不住你……小溪在家，她会割草，等她上学去了你再去割草……”

米小溪从房间里出来，准备做早饭，老玉米瞪了她一眼，说：“不要以为家里多了一个人，你就可以偷懒了。你放假回来，饭要煮，兔子吃的草还是要割……要想有饭吃有衣穿，就要勤快……”

米小溪什么也没有说，进厨房煮饭去了。

老玉米一边扫地一边唠叨：“农村人就是劳碌的命，一天到晚就在地里刨，‘你哄地皮，地皮就哄肚皮。’这话说得不假，不想做事，就只有住崖壁，吃露水……哪家哪户有吃有穿不是自己挣的……”

屋子里充满了老玉米的唠叨。米小溪在厨房里忙着做早饭，朱福贵在打扫猪圈，他们都没有说话。

米小溪把早饭摆到饭桌上，喊道：“三爸，吃饭了。”

老玉米坐下来，大声喊：“朱福贵，吃饭。”

朱福贵不知道是不好意思还是动作慢了些，总之，他慢吞吞地来了。老玉米一边“嘁嚓嘁嚓”地嚼着咸菜，一边说：“吃饭都走不动，做事能走多快？我就不信……”

米小溪闻到了猪屎味儿。原来，朱福贵打扫了猪圈，没有洗手，他的胶筒靴上也沾了不少猪屎。米小溪夹了些咸菜放进饭碗里，起身来，准备离开餐桌。

“要走？嫌臭了？农村人还怕臭，只怕你没有城市人的命。”老玉米可不是省油的灯，她既闻到了臭味儿，又猜出了米小溪的心思。米小溪可不管老玉米怎么说，反正她是端着饭碗离开了饭桌，到门外的屋檐下吃饭去了。

米小溪出去后，老玉米继续说，“这里不比你那个狗窝，臭气熏天。扫了猪圈要把胶筒靴上的猪屎猪尿抹干净，要洗手……不抹不洗，那还不如搬到猪圈里头去吃饭……”

朱福贵尴尬地吃着饭，他夹菜的手抖得厉害，一定是让老玉米给吓的。

姜老太婆从屋里出来，路过晒坝的时候，看见米小溪在屋檐下吃饭，她一边走一边吼：“哎哟哟，丫头，你被他们赶出来了？只怕晚上要睡在晒坝上了吧？真是黑良心哎，来了男人就把闺女赶出门，遭猪瘟的……”

老玉米端着饭碗跑出来，冲着姜老太婆的大吼道：“老不死的，摔你下崖，我送你棺材……”

老玉米还没骂完，姜老太婆已经走远了，气得老玉米恨不得摔饭碗，她把气发到了米小溪头上：“还不滚进屋去吃饭？你就是丧门星，一大早就招人骂……喜欢在屋檐下吃饭，可以，你就搬来吃，搬来睡……”

“叭嗒——”一滴泪水，滑过米小溪的脸颊，滑进了饭碗里。

老玉米进屋去的时候，朱福贵不见了。原来，朱福贵听到外面的吵嚷声，便放下碗筷，扛着锄头，背着背篓，到地里去了。这个男人的脸上，一直挂着尴尬的表情，他可能以为，这个家，因为他的到来，老玉米才多了唠叨，家里家外才多了吵闹。其实，根本就不是这样的。

朱福贵真是一个勤劳之人。他挖起土来力气很大，一眨眼工夫，便可以翻好一块硬实的地。他割起草来，那刀割在草上，只听“嚓嚓”作响，不一会儿工夫，便割了一大背篓。他走起路来“呼呼”作响，他可以在肩挑一担的同时，背上还背一大背篓。总之，农村就需要这样的男人。

喜欢挑三拣四的老玉米，在农活上，也渐渐挑不出朱福贵的

毛病，因为他实在是太勤劳了。只是，每每回到屋里，老玉米便会把一张嘴放在朱福贵的身上，因为朱福贵不讲卫生：做了农活儿，他总是不洗手就吃饭；早上起床，他没有立即洗脸的习惯；晚上睡觉，他不爱洗脚；衣服脏了他不会换，也洗不干净衣服……老玉米总是说："哎哟哟，这衣裳比裹尸布还臭……你看你，不洗脸不洗手就吃饭……衣裳都洗不干净……"

朱福贵还有一个优点，就是脾气特别好。不管老玉米唠叨成什么样儿，他都不说话，哪怕面带尴尬，也不会回应一句。这仿佛又成了老玉米唠叨的理由了："你就不会说几句？整天跟死人一样的，打死都不开口，除了吃饭做事，你就不会别的了……真是废物……"

过了一周，米小溪回到家里来，她明显地感觉到，老玉米对朱福贵特别好。老玉米为朱福贵添置了两套冬衣，朱福贵来这里时穿的那双破布鞋，已经换成了一双新的毛线鞋，朱福贵的头发也到镇上的理发店理过了，显得精神了些，朱福贵脸上的皱纹里，明显夹着几分幸福。煮中午饭的时候，老玉米安排米小溪："小溪，烧点热水来泡干竹笋，晚上吃腊肉炖竹笋，你朱叔做活儿很辛苦……"这一刻，米小溪的心里，升起了几分嫉恨，对朱福贵的嫉恨，她在日记中写道：

他一个外来人，三爸凭什么对他这么好？我是三爸的亲侄女儿，我还带着孤儿补助来，她都那样对我。现在，家里多了一个外人，就意味着多一个人来用我的孤儿补助。我讨厌朱福贵，真希望有一天，他会受不了三爸的唠叨而离开这个家。

米小溪的愿望，很快就得到实现。因为上天似乎总是不愿意眷顾这个爱唠叨的老玉米。

就在米小溪周末回家的当天下午，朱福贵和往常一样，身挑

一担红薯，再背着一大背篓红薯藤，回屋了。这会儿，老玉米正在厨房后门侍弄猪食。朱福贵在路过他和老玉米房间的时候，看见房间门口有一只鞋——一只鞋码很大的胶鞋，明显比朱福贵的鞋码还大。朱福贵走进房间，见床上的被子和枕头都很凌乱。老玉米是个爱整洁的人，每天早上起床，第一件事情便是把被子叠好，把枕头上的枕巾铺好。朱福贵看到这些，他脸上的肌肉抽搐了几下，便出了房间。

姜老太婆站在堂屋外，鬼头鬼脑地朝朱福贵招手。本来，这些天以来，性格内向的朱福贵都不怎么和姜老头、姜老太婆一家交往，但今天他却鬼使神差地走出家门，朝姜老太婆走去。

“哎哟，那死婆娘……真不是好人……那个男人牛高马大……经常来……刚溜出去……可能是听到你回来了……死婆娘在背后说要赶你走……”姜老太婆在朱福贵的耳边喋喋不休。

一向沉默寡言的朱福贵，终于如火山一般爆发了。他冲进屋里，捡起那只臭胶鞋，冲到正在和猪饲料的老玉米面前，把臭胶鞋扔到老玉米身上，像疯子一样扑向老玉米，把老玉米按倒在地上，一边扇着老玉米的耳光，一边吼道：“这是哪个男人的鞋？都脱到你床面前了。我打死你！我打死你！”

老玉米被这突如其来的打骂惊呆了，她愣了一会儿，便使出全身力气，一把推开朱福贵，骂道：“你！你！吃我的、穿我的、住我的，还敢打我，老子跟你拼了！”

朱福贵和老玉米扭打成一团。

姜老太婆打开后门，坐在门口，观看朱福贵和老玉米打架，仿佛看电影一般。

米小溪被眼前的这一幕吓得只剩下流眼泪。当她看到坐在门口冷笑的姜老太婆的时候，一幅景象在她的脑海里出现：米小溪

做完作业，打开房门的时候，见姜老太婆正慌慌张张地从自家的晒坝朝他们家跑去……当时，米小溪想：这老太婆，鬼头鬼脑的，不知道想做什么。

这会儿，米小溪仿佛明白：那只胶鞋，是姜老太婆扔进来的吧。

米小溪想上前去，把自己的猜测告诉朱福贵和老玉米。但是，她很快打消了这个念头，因为她不想这个男人留下来。何况，老玉米会听米小溪的解释吗？

朱福贵和老玉米打了好一阵，终于停了下来，两个人都鼻青脸肿，打得不分上下。

“滚！”老玉米怒吼道，“滚远点！”

朱福贵准备进屋收拾东西，老玉米进屋来，一把抓住他的衣服，三推两搡地把他推出家门，然后，老玉米操起一把砍柴刀，站在门口，一边挥舞一边吼道：“别想带走我的东西！滚！要不然，老子杀死你！”

朱福贵捏了捏拳头，咬了咬牙，眼睛里射出两道仇恨的光芒，让米小溪不寒而栗。

朱福贵走了。他什么也没带走。

第二天早上，米小溪已经做好了早饭，却不见老玉米起床。米小溪来到老玉米的房间门口，喊道：“三爸，吃饭了。”老玉米没有应答。米小溪又喊：“三爸，三爸，吃饭了。”老玉米还是没有应答。

米小溪轻轻地走到老玉米的床前，伸出手来摸了摸老玉米的额头，啊，烫得厉害。米小溪想：“三爸病了，发高烧了。”

米小溪顾不得吃早饭，便把自己卖毛线鞋赚的钱拿出来，准备出门，到镇上的卫生所去给老玉米买退烧药。刚出门，便碰上

了姜老头。

“丫头，要去哪?”姜老头见米小溪的神情有些不对，便关心地问。

“买药。”在米小溪的心目中，姜老头不是个坏人，便对他说了实话，“三爸发烧了。”

“我有几味草药，可以退烧，我去找给你。”姜老头说。

姜老头回屋去，拿来几味草药，递给米小溪，说：“煎水喝，保证有效果。”

米小溪煎了草药水，来到老玉米的房间。米小溪扶起老玉米，再在她的后背垫了一个枕头，把药水端到她的面前，说：“三爸，吃药，吃了可以退烧。”

老玉米吃了草药水，有气无力地问：“哪儿来的草药?”

“姜公公给我的。”米小溪说。

“呸！”老玉米生气了，她有气无力地说，“你跟他们说我倒床上了？丢人现眼！就不怕人家用毒药毒死我？我死了，你高兴。咳咳咳——”

几句唠叨后，老玉米显得力不从心，便又躺下了。

见老玉米这副模样，米小溪想把自己的猜想告诉她，她说：“三爸，那个……那个鞋……”

“滚！你也骂我……”老玉米一挥手，把米小溪手中的药碗打翻在地，只听“咣当”一声，碗碎了。

米小溪含着泪，捡起药碗的碎片，出了老玉米的房门。

让米小溪想不到的是，一周过后，她回到家里，老玉米还躺在床上。老玉米明显消瘦了，眼睛仿佛要从眼眶里鼓出来，让米小溪有些害怕。米小溪去上学的这些天里，老玉米没怎么下床，也没吃多少东西。老玉米就这么躺着，好像在等待着老天爷来

收她。

“三爸。”米小溪站在老玉米的床前，想把自己对姜老太婆的猜疑说出来。

“滚出去！”老玉米说，“我死了你清静。他朱福贵要是再敢让我碰到，我不杀死他，我不是人。”

米小溪用干豇豆炖了腊肉，想给老玉米补补身子。但是，老玉米的胃口不好，勉强喝了一口汤，却觉得恶心，最后还是吐出来了。

米小溪回到自己的房间，打开日记本，写了起来：

我应该把我的猜想告诉三爸，这事肯定是姜老太婆搞的鬼。如果朱福贵回来了，三爸的病肯定就会好。可是，我又害怕朱福贵回来，他一个外人，凭什么要来我们家？凭什么要来瓜分我的孤儿补助？走了也好，回归到以前的生活，清静……三爸对朱福贵越好，我越嫉恨他……

哎，朱福贵肯定恨死三爸了。三爸肯定也恨朱福贵，因为他下手那样狠……就算我把对姜老太婆的猜测说给三爸听，三爸可能也不会再原谅朱福贵。俗话说：“破镜难重圆。”我想就是这个意思吧？

三爸，你快好起来吧，这个家需要你来支撑……其实，我挺在意你的，因为，在这个世界上，你是我唯一的亲人……

写着写着，米小溪伤心地哭了……

“咕咕——”老黑狗木木用身子蹭了蹭米小溪，好像在说：“小溪，不哭……”

“木木……”米小溪俯下身来，抱着木木的头，抽泣起来。

这个夜晚，月光很亮。米小溪带着木木，来到了村头的那棵古老的黄桷树下。米小溪围着黄桷树转了几圈，便跪下来，双手

合十，虔诚地对黄桷树说："月老月老，求求你，求求你，赐给我三爸好姻缘吧。月老月老，求求你，求求你，赐给我三爸好姻缘吧。"

米小溪不知道，老玉米就站在不远处，听到了她在求月老，她喃喃自语："小溪，乖。"

或许，老玉米也是来求月老的吧。

小河边上的舞者

米小溪和杨梅相约来到小河边。河水很清，周围很静，足以让浮躁的心清静下来。米小溪和杨梅坐在小河边，她们背靠着背，仰望着天空。

“合唱团马上就要到市里演出了。”米小溪对杨梅说。

“噢，我去看过你们排练，一定能拿到很好的名次。”杨梅说。

“我有些紧张呢。我甚至想过让何老师另外选一个人来领唱。”

“小溪，紧张什么呢？你领唱得多好呀！”

“我……我怕人家笑我……”米小溪捏了捏自己那截空裤管。

“小溪，你的歌声很美，美得足以震撼人心！你一定要有足够的信心登上属于你的舞台。”

“嗯。皮老师送给我的几本书中，有一本讲到了没有双腿的陈州登遍名山的故事，他还被誉为超级演说家。我想，我虽然不如陈州那样会演讲，但我会唱歌。”

“对呀，你可以把你的歌声带给大家，给大家以美的享受。”

“嗯，我会加油的。”

……

演出的前一刻，换好演出服化好妆的同学们，都坐在台下，等着他们的合唱节目的到来。米小溪起身来，走到何老师身边，

说：“何老师，我要……”

米小溪突然停下来，不说话。

“小溪，你要什么？”何老师问米小溪，“是不是饿了？刚刚我看你吃得很少呢。很快就要演出了，演出完毕后我们再吃点蛋糕，好吗？”

“嗯。好的。”

其实，米小溪并不是肚子饿了想吃东西，她是突然想上卫生间。她为什么又没把话说完呢？她想到了国庆节的演出，自己去卫生间后便不告而别，逃离演出场地……

“你不能再次当逃兵！”那一刻，米小溪在心里喊道，所以，她没有把话说完。

米小溪强忍住自己想上卫生间的念头，其实那也可能是想当逃兵的念头。然而，米小溪实在是太紧张，她真的想上卫生间。她只好对何老师说：“何老师，我要上卫生间，你能陪我一起去吗？”米小溪想：有何老师陪着，自己就不会当逃兵了。

在去卫生间的路上，何老师说：“小溪，你的歌声真美，你的舞台感觉也很好，如果有机会，我会推荐你去省里的歌舞团深造。”

“谢谢何老师！”米小溪说。

果然，有了何老师的陪伴，米小溪没有当逃兵，她上了卫生间，顺利地归了队，安静地坐下来，等待演出。

“……请听合唱《半个月亮爬上来》……”主持人的声音，在演播大厅回响。

此刻，米小溪的心，“咚咚”直跳，仿佛要从胸腔里跳出来一样。米小溪拍了拍自己的胸，对自己说：“米小溪，加油！陈州一条腿都没有，我还有一条腿呢！”

合唱团的同学们有秩序地上台，排好了队，最后登台的是米

小溪。当米小溪拄着双拐，一步一步地登上台的时候，台下一片寂静，刚刚还有的一点噪音，现在也完全没有了。米小溪的心，跳得更厉害了，她不知道等着自己的将会是什么，是嘲笑？是讽刺？还是不屑？米小溪感觉自己的手脚都有些发软，仿佛没有了力气，她差一点摔倒了。

但是，米小溪不停地告诉自己："米小溪，坚强起来，这是你梦想的舞台。"米小溪顿了顿，然后稳稳地站在了自己的位置上。

"啪啪啪——"演播大厅里，响起了热烈的掌声。这掌声，是送给米小溪的。米小溪拼命忍住就要夺眶而出的眼泪，她含着笑，给观众们深深地鞠了一躬。"啪啪啪——"又一阵掌声响起。

半个月亮爬上来
咿啦啦，爬上来
照着我的姑娘梳妆台
咿啦啦，梳妆台
为什么我的姑娘不出来
咿啦啦，不出来
……
请你把那纱窗快打开
咿啦啦，快打开
咿啦啦，快打开
把你那玫瑰摘一朵
轻轻地，扔下来
……

众望所归，合唱团的《半个月亮爬上来》，为学校捧回了金奖。校长在升旗仪式上公布了这一获奖消息，还号召大家要向米小溪学习，学习她那种自强不息的精神。合唱团演出的照片也被

张贴在学校的宣传栏里，米小溪站在最前面，所以照得特别清晰。中午，大家都特意跑到宣传栏前去看合唱团的照片。

“哼，乌鸦还真变成凤凰了?”吕寒一进教室，环顾四周，见米小溪不在，便不屑地说，“无非就是抹了点脂粉，洗掉脂粉，乌鸦还是乌鸦，铁的事实是改变不了的。”

“哎哟哟，你也抹点脂粉试试？我看你抹了脂粉也成不了凤凰，充其量是一头花脸熊。”赵小山打趣道。

“哼，我就算是‘熊’，也是大英雄。而你，只能是大狗熊。”吕寒可不认输。

“得了得了，熊也好，乌鸦也好，凤凰也好，都得挣钱吃饭吧？我也挣钱去了。”赵小山从座位起身来，在教室的过道里吆喝，“卖拐喽——卖拐喽——”

“哎呀!”赵小山一声尖叫。

原来，向涛拿着一瓶矿泉水，正往赵小山的头顶上倒呢。矿泉水顺着赵小山的头，一直往脖子里流淌。

“喂，你干吗啊!”赵小山冲着向涛大喊。

“我干吗？这是对你卖拐的惩罚。”向涛说完，回到座位，开始做作业，一副什么事情也没有发生的样子。

“哈哈哈！本山大叔，这回卖拐赔本了吧？真是湿了衣服还凉了心啊，哈哈哈!”吕寒在一旁幸灾乐祸地说。

“哼！看在你是学习委员的份儿上，我不和你计较。”赵小山说完，朝教室门冲去，他准是回寝室换衣服去了。

“这叫‘惹不起，躲得起’，哈哈!”吕寒又一阵大笑。

“哎呀!”教室外一声尖叫。原来，赵小山跑得太快，冲出教室门的那一瞬，正好和米小溪撞了个正着。米小溪摔倒在地上。

吕寒哪会错过这种惊险时刻？她飞快地冲出教室，看到了这

一幕。

米小溪挣扎着从地上爬起来，拄着双拐，低着头，进了教室。赵小山也飞快地朝宿舍楼跑去，这么冷的天儿，衣服湿了，冷啊。

“呵，不是冤家不聚头哦。”吕寒那张嘴呀，就是不消停，她说，“乌鸦碰了凤凰头，风风火火闯九州……”

“谁风风火火闯九州了？胆量不小啊！”一个声音在教室门口响起，吕寒赶紧闭了嘴。

皮老师来了。

“哼！乌鸦想变凤凰，等下个世纪吧！”吕寒小声嘀咕道，“世界真奇怪，乌鸦有人爱。我等大粗熊，只有乱起哄。”

皮老师并没有进教室，他在教室门口喊道：“米小溪，下午放学后，你来我办公室一趟，我有点事情找你。”

米小溪来不及点头，皮老师便转身走了。吕寒盯着米小溪，仿佛想从她的脸上盯出点什么秘密来。过了几秒钟，吕寒做出一副无可奈何的样子，说：“哎，风水轮流转，何时到我家？”

向涛听得不耐烦了，他站起身来，大喊：“同学们赶紧交作业了，没有完成作业的，要去做义务劳动的啊，食堂后面的垃圾很多……”向涛这是在吓唬那个只说空话不做作业的吕寒。果然，吕寒老实多了，她开始埋头赶作业。

米小溪却愣在座位上，呆呆地望着作业本，一个字也没有写。

向涛递过来一张纸条，上面写着：

你越在意，别人越来劲。你越安静，别人越无趣。

向涛这么一提醒，米小溪豁然开朗起来。她提起笔，开始做作业。吕寒果然自讨没趣，便也不再说话。

下午放学后，米小溪来到了皮老师的办公室里。

“米小溪，请坐啊。”皮老师指着办公桌旁边的椅子，示意米小溪坐下。米小溪没有坐下来，她忐忑不安地说：“老师，你找我有什么事吗？”

“米小溪，你别紧张，没什么事。”皮老师一边说，一边从办公桌的抽屉里拿出一个盒子，放在米小溪的面前，说，“这台手机，是我送给你的。”

“老师，我不要。”米小溪赶紧说。

皮老师笑了笑，说：“米小溪，你听我说。这款手机是我在商场购物时抽奖得到的，很便宜，它的优点是屏幕大，你可以用它来听歌，也可以拿来播放舞蹈视频，这样，你在课余时便可以学习唱歌和跳舞了。”

米小溪不愿意接受皮老师的赠送，她说：“这么昂贵的礼物，我不能接受。”

皮老师却不愿意放弃赠送，他说：“米小溪，我们一家人都有手机，这台手机放着也是放着，我们不能不让它充分发挥它的作用。这样吧，这台手机，算是我借给你使用，等你以后有钱买手机了，就把它还给我，好吗？”

米小溪知道，皮老师是执意要把这台手机送给自己，她也不好继续推辞，便收下了手机。在回寝室的路上，米小溪对自己说：“我要钩毛线鞋挣钱，挣回买手机的钱。”

有了手机，米小溪更爱往小河边跑了。坐在小河边，米小溪总是听一会儿歌，又唱一会儿歌。有了伴奏音乐，米小溪唱得更动情了：

你有一个花的名字

美丽姑娘卓玛拉

你有一个花的笑容

美丽姑娘卓玛拉
你像一只自由的小鸟
歌唱在那草原上
你像一只飞舞的彩蝶
闪烁在那花丛中
啊，卓玛
草原上的格桑花
……

“小溪，你唱得真好！”

不知道什么时候，杨梅已经站在了米小溪的身后。

“杨梅，你不能偷听我唱歌啊。”米小溪拉着杨梅的手，调皮地说。

“哈哈，我只能偷听啊。”杨梅说。

“为什么？”米小溪问。

“听米小溪的演唱，可是要买门票的呀，我只有偷听了。”

“哈哈哈，你是我的超级粉丝，不用买门票。”

“哈哈哈！”

米小溪和杨梅都笑了。她们促膝而坐，聊着天：

“杨梅，上小学的时候，我的梦想是当舞蹈家。”

“嗯。现在，你可以努力当歌唱家呀。”

“可是……哎！不管是当舞蹈家，还是当歌唱家，都要有美好的身姿……”

“小溪，我说过，你的歌声很美，美得可以震撼人心，那是别人不能比的。你一定要有信心啊。”

“嗯，这些天，我真是信心满满的。现在，我又想跳舞了。”

“好啊小溪，跳给我看看，我可是你的粉丝哦。”

米小溪起身来，伴着手机播放出来的曲子，舞蹈起来……

然而，米小溪真是想不到，周五的计算机课，同学们上网的时候，发现班级QQ群里出现了一条链接，点开一看，是这样一条微博：

围观啦！围观啦！金鸡独立，白鹤亮翅，单腿功夫真是了得哦。大家快来围观啦！围观我们班的白雪公主某小溪。古有祖逖闻鸡起舞，今有某溪对河起舞……

此条微博还配了几幅米小溪在河边跳舞的图。

很快，这条微博被大量转发，评论铺天盖地：

——呀，真是臭美呢！

——哎哟，这金鸡独立的功夫，还真了得。

——博主，别这么损人好不好？

——独腿舞者，我敬重你。

——这世道啊，想出名的人可真多。

——这是炒作吗？围观。

——向痴迷于舞蹈的舞者致敬！

——如果真的热爱舞蹈，可以联系我，QQ……

——炒作，炒作，纯粹是炒作。想出名，也不至于这样吧？

——哈哈哈，小河边上的舞者，某小溪，请问出场费是多少？

——一个喜欢舞蹈的人，不应该被人们如此嘲笑。

……

米小溪实在看不下去了，她连拐杖也没有拄，单腿跳着，冲出了计算机室。

“小溪，小溪——”杨梅抓起米小溪的双拐，追出了计算机室。

米小溪跳着走了一段路，便扶着旁边的墙壁或树休息一会

儿，喘几口气，又继续往前跳。

“小溪，小溪，扶着我吧。”杨梅扶着米小溪的胳膊，说，“你要去哪里，我陪你。”

米小溪还能去哪里呢？小河边便是她最爱去的地方。这条小河，听过米小溪的笑声、哭声、歌声，还看见过米小溪优美的舞蹈……这条小河，和杨梅、向涛一样，是米小溪的好朋友。

坐在小河边，米小溪失声痛哭起来。杨梅找不到可以安慰米小溪的话语，她只有拍拍米小溪的背，说：“小溪，不哭，不哭……”说着说着，杨梅自己也流泪了。

不一会儿，皮老师和向涛也到小河边来了。他们看到杨梅和米小溪在一起，才长长地舒了一口气。向涛蹲下来，把一卷纸条递到了米小溪手中。

“叭嗒——”一滴眼泪，滴在这卷纸条上。

皮老师坐在米小溪身边，说：“小溪，发微博的同学不懂事，我先替他对你说一声‘对不起’。我看过那些评论了，有三分之二都是在赞美舞者。小溪，如果我是你，我会转发这条微博，并告诉大家：‘这个舞者便是我。’我会用我的坚强去回击那些看不起自己的人。”

“用坚强去回击那些看不起自己的人。”这句话刻在了米小溪的心里，她停止了哭泣。

“小溪，我也会唱歌哦，虽然我没有你唱得好。”皮老师说，“我来唱一曲男生版的《卓玛》给你们听吧，你们来比一比，我和亚东谁唱得好。”

皮老师这么一说，米小溪、杨梅和向涛都感到吃惊，他们还真没听过皮老师唱歌呢。皮老师拿出手机，找到男生版《卓玛》的伴奏音乐，唱了起来：

……

你把歌声献给雪山

养育你的雪山

你把美丽献给草原

养育你的草原

……

一曲终了。

“啪啪啪——”杨梅和向涛给皮老师鼓掌。

“皮老师，我现在好崇拜你哦。”杨梅笑着说。

“哈哈，你这家伙，原来从来没有崇拜过我。”皮老师故作生气。

“不是不是，我一直很崇拜你啊。现在更加更加崇拜你了。”杨梅赶紧解释道。

“哈哈，你别紧张，我没有那么小气。”皮老师说，“不过，我自愧不如，米小溪同学唱得更好。”

米小溪明白了皮老师的苦心，她在心底说：“皮老师这歌儿唱得真是好啊！”

……

微博事件在班里火了好几天。皮老师没有调查这位好事者，只是在转发这条微博时回复了一句：“不管是祖逖闻鸡起舞，还是小溪对河起舞，都有一种积极奋斗的精神，都值得学习，而不应该被嘲笑。”

或许，赵小山知道微博事件的内幕，他曾边走边吆喝：“今日不卖拐，特卖大卖内部消息……谁要高价购买，买一送一的好机会哦……走过路过，机会不要错过，大卖特卖内部消息，关于金鸡独立的消息，买一送一……”

赵小山在叫卖的时候，吕寒抬起头来，狠狠地瞪着赵小山，仿佛在说："你再叫卖，我会收拾你！"赵小山见吕寒那架势，便缩头缩脑地回座位上去了。这些，没有瞒过向涛和杨梅的眼睛，也瞒不过米小溪。大家都没有去揭开这个谜底，因为皮老师曾对他们说："见怪不怪，其怪自败。"果然，一周之后，微博事件的热度，便慢慢退去。

然而，微博事件的衍生事件却出来了。

一天中午，皮老师把米小溪叫到了办公室。何老师和一个五十几岁的男士坐在办公室里。那位男士非常和蔼地望着米小溪，微笑着。

"小溪，这位是省歌舞团的沈老师，他想和你聊聊。"何老师对米小溪说。

在陌生人面前，米小溪显得有些拘束，她不安地看了自己的空裤管一眼，脸微微发烫。

"小溪，你坐下来吧。"沈老师温和地说。

米小溪坐下来，双手握着双拐，有些紧张的样子。

沈老师起身来，轻轻地从米小溪手中拿过双拐，靠墙放着。他说："米小溪，我就直说啊，我是从微博上知道你的。刚刚，我还和皮老师、何老师聊微博事件，这事看似坏事，其实也是好事啊，让更多的人知道了你自强不息的精神，所以，凡事都有两面性。呵，我有点离题了。"

沈老师把一杯水递给米小溪，说："小溪，喝点水吧。"

米小溪捧着水的手，微微颤抖着，她有些紧张，也有些害怕，她不知道沈老师要说什么。

沈老师接着说："小溪，前几天，我给皮老师和何老师打过电话，了解了一些关于你的情况，我们团里研究，准备请你加入我们的歌舞团，我们会让你一边念书一边学习唱歌和跳舞。我们团里有专门的经费，你不用为钱的事情担心。”

米小溪简直不敢相信这是真的，她以为自己在做梦，她使劲儿地咬了一下自己的嘴唇，疼得厉害。噢，这不是梦！

“小溪，我知道你是一个有梦的孩子，如果你愿意，你就回家去和你的姑姑商量一下。我们真诚地希望你能去我们歌舞团，在那里，我们可以为你提供一方舞台，可以帮助你实现梦想。”沈老师说。

“小溪，对喜欢唱歌和跳舞的你来说，这可是难得的好机会啊。”何老师说。

米小溪一直没有说话，因为她真是又喜又惊，真不知道该怎么表达内心的激动与欣喜。

周末，回到家里，米小溪一边唱歌，一边做午饭，她要做一顿丰盛的午饭，然后，一边吃着午饭，一边给老玉米说去歌舞团的事。米小溪想，老玉米一定会和她一样激动和欣喜。

米小溪刚把饭煮好，老玉米便从地里回来了。这段时间，老玉米憔悴了不少，做事也不如以前麻利有力了。米小溪赶紧接下老玉米背上的大半背篓红薯，说：“三爸，吃饭了。”

“嗯。”老玉米应了一句，便洗了手，坐到了饭桌跟前。

“三爸，有个事……”米小溪小声说。

米小溪很少在饭桌上和老玉米说大事，他们之间原本也没什么大事情需要提出来商量。这次，米小溪说有个事，让老玉米感到有些吃惊，她夹菜的筷子停在空中，大声问：“要多少钱？”

在老玉米看来，米小溪最大的事可能就是要许多钱，要么是要钱交到学校去，要么是问她要孤儿补助。

“不要钱。”米小溪说，“省里的歌舞团，想让我去……”

“省里的团?”老玉米大大地扒了一口饭，她实在是饿了，“要多少钱?”

“不要钱。”米小溪小声说。

老又扒了一大口饭，说:“去省里不要钱? 不要大把大把的钱才怪，我不信!”

“真的不要钱。”米小溪说，“他们让我一边念书，一边学唱歌和跳舞……”

“你个笨蛋，不要钱的事你都信?”老玉米打断米小溪的话，喋喋不休起来，“现今这社会，哪里不要钱? 不抢钱就不错了。你别相信那些鬼话，肯定是骗你上当的。”

遭到老玉米一阵抢白，米小溪不敢说话了。

老玉米吃完了一碗饭，又盛了一大碗。她扒了一口饭，又问:“哪个给你联系的? 老师?”

“是省歌舞团的沈老师找到学校来的。”米小溪说。

“沈老师是男人还是女人?”老玉米问。

“是个男老师，轻言细语的，人很好。”

“哼! 我就知道没什么好事! 男人的话你也信。”老玉米说，“没我松口，看哪个敢把你抢走。如果你敢偷着去，我打断你的腿。”

米小溪不敢再提去省歌舞团的事。她唯有抱着木木的头，说:“木木，我们就只能待在天堂村吗?”

晚上，老玉米坐在火盆旁编背篓。每年到挖红薯的时候，老玉米都要编背篓，她总是一边编背篓，一边说:“这红薯，太费背篓了……”

米小溪坐在一旁钩毛线鞋。那一针一线里，融进了老玉米的唠叨，也融进了米小溪实现不了的梦想。

年的味道

年的脚步，近了。

天堂村的年，很冷清。人们或是搬到镇上，或是进了城，谁还会回到这穷地方来过年呢？这里离镇上太远，就算有钱买了年货，从镇上背回来，也得出一身大汗。哎，还有几个人愿意留在天堂村呢？

老玉米带着米小溪，到镇上买了一些菜，购置了一些年货。虽然是两个人的年，老玉米也从不马虎。米小溪还记得，她到天堂村的这几年里，每到快过年的时候，老玉米都会带着她去镇上，除了购置一些年货，还会让米小溪挑选一套衣服。只有这个时候，米小溪才能真切地感觉到老玉米的关心。

今年，老玉米比往年出手稍大方一些，她花了四百多元，给米小溪添了一件羽绒服，虽然款式不够新潮，但在镇上来说，这已经是一件很不错的衣服了。

隔壁姜老头家，过的也是两个人的年。

米小溪多次想过：如果两家合起来，就是四个人的年了，是不是会更有年的味道呢？但是，米小溪一直不敢把这种想法说出来，她知道，姜老太婆和老玉米是一对冤家，这一对冤家可不能聚在一起，否则可能要翻天。

今年，老玉米为米小溪买了一件很贵的羽绒服，米小溪以为老玉米的心情会比往年好一些，便鼓足勇气说：“三爸，我想……”

“想哪样？还想买衣裳？等明年了。”老玉米抢过米小溪的话。

“不是。”米小溪说，“我想，如果和姜公公他们一起过年，是不是更热闹？”

“死丫头，嫌我们家的年过得不好？那你滚过去和他们一家！”老玉米吼道，“我就是过不起年吃不上饭，也不和他们一起过年，那死老婆子，没把我给整死！”

老玉米恨恨地骂着。

这会儿，米小溪又想起了朱福贵走的那天，姜老太婆慌慌张张地从晒坝经过的情形……米小溪本想把这事说给老玉米，但她又想：“算了吧，朱福贵如果再回来，如果三爸把心偏向他那边，她更不喜欢我了。现在再说这事，也只会添乱。”

这个年，过得特别不好。

在准备年夜饭的时候，老玉米和颜悦色地问米小溪今年晚上最想吃哪样菜，米小溪说最想吃木耳炒瘦肉，老玉米还笑骂她：“真没出息，木耳炒肉就把你打发了。等你将来发财了，我可不要吃木耳炒肉，我要吃海参……”或许，在老玉米眼中，海味儿便是最好的东西。那一刻，米小溪感到很开心，她想：“三爸对我真好。”

吃年夜饭的时候，几只老鼠结伴从饭桌旁经过，像赶集一样。老玉米一跺脚，老鼠们飞快地跑了出去。老玉米吼道：“死耗子，滚远点，到阴间抢年夜饭去！”当时，米小溪一愣：“三爸不是说过年的时候不能说死啊死的吗？她自己怎么也说出来了？”

吃过年夜饭，在收拾碗筷的时候，老玉米突然脾气暴躁起来，她不停地唠叨着：“你看你，地上全是水……轻点轻点，稀里哗啦的，你在拿碗出气啊……”

收拾好碗筷，老玉米打开电视机，准备看春节联欢晚会。平时，老玉米不怎么看电视，她也不让米小溪看太久的电视，说是浪费电，浪费钱。今天是大年夜，老玉米会允许米小溪把春节联欢晚会看完。

“呜呜——呜呜——”木木在屋檐下，不愿意进屋来，只是一个劲儿地叫着。老玉米听得烦了，她操起一根棍子，朝木木扔去，吼道：“死狗，大过年的，哭哭哭，打死你！”

“汪汪——呜呜——”木木哀叫着跑远了。

不知道什么原因，老玉米早早地去睡了。米小溪也感到莫名的心慌，慌得她真想逃出天堂村，她也早早地关了电视，进了自己的房间，开始写日记：

三爸真是让人琢磨不透。有时候，她唠叨得让人心烦，让我感到她特别讨厌我，甚至感觉她有想把我赶出家门的意思。有时候，我又觉得她是那样的爱我，让我感到家的温暖。哎，三爸，我真不明白，你对我好还是不好……我真想把那双毛线鞋送给你，但我又不敢……

今天过年，年夜饭和往年一样丰盛，但心情和往年不一样。我总觉得心里不踏实，总感觉有什么事情要发生。木木仿佛有话要告诉我。可是，此刻，木木在哪里呢？

今晚一过，明早醒来，又是新的一年了。

在新的一年里，我最大的愿望，就是开学后继续参加学校的合唱团，在何老师的指导下，好好学唱歌。我还会在手机上学习跳舞，总有一天，会有一方舞台让我歌唱、让我舞蹈，那是属于我的舞台。

……

夜半时分，米小溪在老玉米尖叫声中醒来——

“小溪，小溪，快跑！”老玉米把米小溪从床上拎起来，连抱带推地朝门外塞。米小溪睁开眼，看见的是火光和浓烟，闻到的是呛人的味道，听到的是“哔哔剥剥”的燃烧声……

就在老玉米把米小溪推出家门的那一刻，只听“轰”的一声，米小溪抬头一看，屋梁塌了。

米小溪这才明白过来：家里着大火了。她吓得瘫软在地。

“救火啊——救火啊——”老玉米惊恐地喊叫着。

姜老头和姜老太婆也出来了。

“泼水，快泼水！”

姜老头大喊着，冲进屋里，不一会儿便提出一桶水来。姜老太婆也端了一盆水出来。可是这么大的火，哪里是一桶水就能泼灭的？

“汪汪——汪汪——”木木大声地叫着。

“救火啊——救火啊——”老玉米、姜老头和姜老太婆都大声地呼喊着，他们希望能多来一些人帮助他们。

陆续来了几个人，都是留守在家里的老人，面对这么猛的火势，他们尽力也无济于事。

……

天亮了。老玉米的家，只剩下几堵被熏黑了的土墙。那些断裂下来的屋梁，还在冒着黑烟。老玉米跪在晒坝里，呆呆地望着那几堵残墙，欲哭已无泪。老玉米和米小溪的身上，穿着姜老太婆送过来的旧棉袄、旧棉裤和旧棉鞋，她们逃出来的时候，都只穿着薄薄的睡衣。

“木木……”米小溪搂着木木的头，淌着泪。家没有了，她的心里充满了恐惧，她不知道等着自己的将会是什么。米小溪所有的东西都被烧了，她的书，她的那个夹有向涛写的纸条的日记

本，她的那台皮老师送的手机……一切都化为灰烬了。

当年，一场大地震，毁了米小溪的家，而今，一场火灾，毁了她第二个家。米小溪在心底呼喊：“老天爷，你怎能如此待我！”

“木木——”米小溪紧紧地抱着木木，仿佛害怕失去一切。

“丫头，吃汤圆。”姜老太婆端来一碗汤圆，递给米小溪。米小溪接过汤圆，准备给老玉米送去，可是，她的双拐也被烧掉了，她没办法端着汤圆单腿跳到老玉米那里。

姜老太婆似乎看懂了米小溪的心思，她说：“你先吃，我再去给她端一碗。”

这时候，姜老头已端出一碗汤圆，来到老玉米身边，说：“大妹子，吃点东西。”

老玉米的眼睛，还是呆呆地望着那几堵残墙，她哪有心思吃汤圆啊。

整个上午，老玉米和米小溪都坐在晒坝里，一言不发。姜老太婆拿来棉垫，垫在老玉米和米小溪的身子下面，以免她们着凉。姜老太婆做好午饭，端到晒坝里，让老玉米和米小溪吃。老玉米根本没有要吃饭的意思。米小溪拿起筷子，把饭扒进嘴里，却根本不能下咽。

天上下起了蒙蒙细雨。

“哎哟，都淋湿了。”姜老太婆拿来蓑衣和斗笠，递给米小溪，“给你三爸。”

米小溪先给老玉米披上蓑衣，再给老玉米戴上了斗笠。她自己，则在姜老太婆的屋檐下找了一块塑料布顶在头上。

姜老头给镇政府打了电话，上报了老玉米家遭火灾的事。下午时分，政府来人了，他们查看了灾情，说：“我们会回去申请救灾款，一定尽快落实。”

“说是尽快，也不知道会有多快。”姜老头对姜老太婆说，“这大冬天的，总不能住在晒坝里吧?”

“是哟，真是造孽啊!”姜老太婆说，“我们把那间空屋收拾出来，给她们临时住着吧。”

“嗯，你去收拾，我赶紧把拐杖做好，那丫头没有拐杖，不方便走路。”姜老头说。

这一天，姜老头可没闲着，他找来几根木头，又是砍，又是锯，又是刨，傍晚时分，一副拐杖做好了。

“丫头，拿着。做得不好，你将就着用。”姜老头对米小溪说。米小溪接过双拐，泪水夺眶而出。

就在姜老头和姜老太婆忙着收拾房间的时候，罗锅来了。

这罗锅，可是好长时间没露过面了。

“玉啊，出了这么大的事，怎么不给我打个电话?我刚刚才听说。”罗锅满脸同情地说，“走，到我屋里去，我那里宽，不多你们两个。”

“汪汪——汪汪——”木木认识罗锅，它又叫了起来。

“木木……”米小溪轻轻地拍着木木的头，示意它不要叫。

“玉啊，带着丫头去我那里吧，你看，就剩这几堵破墙了，你们住哪里啊?”罗锅一边说，一边伸手拉老玉米的胳膊。

老玉米用力一甩，挣脱了罗锅的手。

这时候，姜老头和姜老太婆收拾好房间，过来了。

“哟，罗锅，充好人来了?”姜老太婆说，“有种的，你就拿出钱来，把这房子盖起来。”

“老姜嫂，这盖房也不是一天两天的事，我让她们先去我家住下，再考虑盖房子的事。”罗锅满脸堆笑地说。

“哼，黄鼠狼给鸡拜年——没安好心。”姜老太婆讥讽道。

罗锅给老玉米说了好多好话，老玉米就是坐在地上不动。天快黑了，罗锅只好回家去了。

老玉米和米小溪吃了姜老太婆端来的饭，但没去姜老头家住。老玉米趁天还没完全黑，找来几根细木棒，搭在猪圈的矮墙上，再从草垛上扯下稻草来，盖在木棒上，一个简易的小屋，便搭好了。老玉米在小屋里铺了厚厚的一层稻草，对米小溪说："睡吧。"

老玉米躺下后，扯过稻草铺在身上，便闭上了双眼。

米小溪躺在稻草上，也像老玉米那样，扯过稻草来，盖在身上。米小溪根本无法入睡，许多画面在她面前一一闪过：地震来临时的天昏地暗……地震中撕心裂肺的哭喊……地震后的苍凉……躺在医院病床上的绝望……拄着双拐走在人群中的自卑……而今，又添了火灾中的恐惧……

一夜未眠。

第二天，老玉米去了镇上。她回来的时候，背了一大背篓东西回来：有锅碗瓢盆，有油盐酱醋，还有一床棉被。就这些东西，让米小溪看到了希望，赶走了米小溪内心的恐惧，至少，她觉得这个家还在。老玉米是个不愿意在别人面前低头的女人，正因为如此，她才不愿意住在姜老头家，她宁可自己想办法。

老玉米打开那个黑色的塑料袋，拿出一件新棉衣和一条新裤子，递给米小溪，说："穿上。"

家里什么都烧光了，老玉买这些东西的钱是从哪里来的呢？米小溪纳闷了。

老玉米在收拾东西的时候，一个红色的小本本，从老玉米的裤袋里掉了出来。米小溪捡起来一看，是邮政的存折。这时候，老玉米转过身来，一把将存折抢了过去，大吼："老子就这点家底了，再丢了，就活不成了……你敢打这存折的主意，老子打断你

的腿……”

米小溪明白了，老玉米在火灾中抢出来的，除了她，还有存折。

就这样，老玉米和米小溪又有了家。这个家虽然极为简陋，但总比住在晒坝上好。

没几天，镇上的救灾款也下来了。但是，村里村外根本就找不到劳动力，想要重新建屋，谈何容易？你就是愿意出双倍的工钱，也找不到人啊。就在老玉米四下找人建房的时候，一件奇怪的事情发生了：米小溪去地里割圆白菜回来，发现家里的锅碗瓢盆、油盐酱醋、衣服被子，被席卷一空。

老玉米回来后，先是骂了米小溪：“你这败家子，家都看不住，死了算了！”而后又对着晒坝骂：“遭天瘟的，总有一天要像老子一样遭火灾，烧死你全家！”

姜老太婆知道老玉米是在骂她，她从屋里跳出来，骂道：“你这丧门星，克夫相，我给你们饭吃，给你们衣穿，你翻脸不认人，也活该遭天灾！”

姜老头把姜老太婆拉进屋，说：“回去回去，她们家都烧光了，你还要咒人家，还要不要良心嘛……”

“啊，你就帮那死寡妇说话，她给你好处了？”姜老太婆狠狠地掐了姜老头的胳膊一下，吼道，“你再帮着那个死寡妇说话，你就给我滚出去！”

……

就在老玉米和姜老太婆骂得不可开交的时候，罗锅又来了。他一边抽着旱烟，一边说：“玉妹子哎，我说你就离不开这块老辣姜？非要和她处在一起，天天吵闹才觉得高兴？你看看，现在好了，你买碗筷，人家就偷你的碗筷，你买油盐，人家就偷你

的油盐……偷还算好，哪天放点儿毒……哎哟哟，玉妹子，你要早听我的话，搬到我那里去就好了……”罗锅一边说，一边晃着旱烟杆，那模样，好像救世主一般。

姜老太婆那边不吵了，老玉米的气没处撒，就撒在米小溪身上：“你这挨千刀的，连个家都看不住，我养你还有什么用？我要是你，死了算了！”

米小溪转过身去，她不想让老玉米和罗锅看到她的泪水。

“要不活，都不要活了，老子一甩毒药到处撒，看哪个能活下去。”老玉米一边唠叨着，背着背篓，下地去了。罗锅“叭嗒”着旱烟，跟着老玉米去了。

“你这挨千刀的，连个家都看不住，我养你还有什么用？要是我，死了算了！”老玉米的话，不停地在米小溪的耳边回响。米小溪实在是受不了，她拄着双拐，穿过了楠竹林……

米小溪走在前面，木木跟在后面……

米小溪跑到了后山的大岩石上，坐了下来。木木趴下来，用头蹭了蹭米小溪，然后伸出舌头来，舔了舔米小溪的脸庞。米小溪抱着木木：“木木，我真想……从这里跳下去……木木，我想爸爸妈妈……木木……”

米小溪伤心得说不出话了。

“呜呜——”木木仿佛也在哭泣，又仿佛在对米小溪说，“小溪，你不可以……你要坚强……”

米小溪起身来，单腿跳到大岩石的边缘。如果从这里跳下去，是不是一切烦恼都会没有了？是不是就可以见到爸爸妈妈了？平时，米小溪尽量不去回忆那场地震，不去想爸爸妈妈，她不愿意把自己拉进痛苦的回忆里。而今，现实的残酷让她无法面对，无法承受。

皮老师，真是对不起，你一直告诉我要坚强，而我让你失望了。

何老师，你说你会努力给我一方舞台，而我却要在这一方舞台上选择轻生。

杨梅，感谢你给我的陪伴，小河边的促膝谈心，我会带到爸爸妈妈那里去。

向涛，感谢你给我鼓励，可惜，那些纸条已经化为灰烬。

……

米小溪闭上双眼，她真想解脱自己……

“汪汪——汪汪——”木木叫得很急切，它仿佛明白米小溪想要做什么。

“汪汪——汪汪——”木木叫得很凄凉，它仿佛在诉说着什么。

“木木……”米小溪睁开眼来，看见木木的眼眶里，也噙着泪水。啊，木木也哭了，它是在害怕失去米小溪吗？

“木木，不哭，不哭，我们永远在一起……木木……”米小溪坐下来，抱着木木，又哭了起来，她舍不得木木。

“呜呜——”木木也在哭。

“木木，不哭，我唱歌给你听。”米小溪开始给木木唱歌。

你有一个花的名字
美丽姑娘卓玛拉
你有一个花的笑容
美丽姑娘卓玛拉
你像一只自由的小鸟
歌唱在那草原上
你像春天飞舞的彩蝶

闪烁在那花丛中

……

“木木，好听吗?”米小溪拍了拍木木的头，说，“以后，我还会唱歌给你听，还会跳舞给你看，这个舞台是属于我的，属于我们的。”

该回家了。

回家的路上，米小溪听到了老玉米的呼喊：“小溪——小溪——”老玉米的声音里透着焦急。

“三爸——”米小溪应了一声。

“别回那破屋去了，跟我走。”老玉米说。

米小溪带着木木，跟着老玉米来到了罗锅家。罗锅家虽然不算富有，只有几样简单的家具，但也还算宽敞，五间大瓦房，还算敞亮。

“丫头，进来进来，你住这间屋。”罗锅拉着米小溪的胳膊。但米小溪不愿意进屋，她觉得这不是她的家，她害怕，她站在晒坝里，一动也不动。木木紧靠着米小溪，张望着这幢它不熟悉的房子。

“不进屋来，晚上你睡晒坝?”老玉米吼道。

“人，要听天命。”罗锅说，“老天烧了你们的屋，就是要让你们住到我这里来。听天由命哦。”

是啊，听天由命吧。当年，一场地震，把米小溪带到了天堂村。而今，一场火灾，又把米小溪带到了她所讨厌的罗锅的家里。这难道不是听天由命吗?

“木木，走吧。”米小溪带着木木，走进了罗锅的家。

当天晚上，罗锅让老玉米做了一大桌好菜，他说：“我这个家，也终于像个家了……玉妹子，小溪丫头，以后，我们就是一

家人了，想吃什么想做什么尽管说，不要客气……”

再丰盛的饭菜，米小溪也吃不下。她不喜欢罗锅，她不喜欢这个家。所幸的是，罗锅给米小溪住的那个房间，还算干净。米小溪进到房间里，第一件事情便是把门从里面闩好，她总觉得罗锅不是好人。

老玉米和米小溪在罗锅家住了几天，大家都相安无事。老玉米和平常一样，早起晚睡，总是有做不完的农活儿，做了农活便收拾家务，把罗锅的屋子收拾得和以前自己的家一样干净。白天，米小溪在老玉米的吩咐下，背着背篓到地里割草，因为罗锅家养着两头小猪。或许，老玉米已经认命，她已经默认自己是这个家的女主人了。

经历了朱福贵的事，遭遇了火灾，老玉米明显憔悴了。每天晚上，她总会感到特别累，吃过晚饭，收拾好家务，她便会叹着气，早早地进屋里睡觉去了。最初的两天，米小溪也只是坐在屋里，抱着木木发呆。后来，米小溪去了一趟镇上，买回了日记本和笔，她便开始在日记本上打发难熬的时光。

这天晚上，米小溪写道：

我的家，又没有了。

住在这里，我一直很惶恐，我不知道会发生什么事情。但是，我又必须住在这里，我还能走到哪里去？或许，我命中注定就应该是一个孤儿。

快要开学了，我怎么办？我还能上学吗？我还能去合唱团吗？我还能去小河边唱歌跳舞吗？我的家在哪里？我的梦想在哪里？我的舞台在哪里？

我恨地震，它让我家破人亡，让我离开了自己的家乡。

我恨这条瘸腿，它让我极度自卑，让我不能像正常人一样

生活。

我恨火灾，它把我逼到了不喜欢的人的家里。

我恨生活，恨它的不公，恨它的无情……

米小溪写着写着，哭了。哭累了，便倒在床上，渐渐睡去……

迷糊中，米小溪听到了开门的声音："嘎吱——"米小溪以为自己在做梦，继续迷糊着。

睡梦中，米小溪感觉有人来到了自己的屋里，爬到了自己的床上……感觉有人在脱自己的衣服……

米小溪一惊，睁开眼来，借着夜色，她看见床上有一个男人……

"啊——啊——"米小溪尖叫着，"三爸——"

那人捂住米小溪的嘴巴，威胁道："不要喊！再喊，我掐死你！"

米小溪顾不得许多，她用尽全身力气，挣脱那人的手，大声尖叫着："啊——三爸——"

老玉米在睡梦中听到米小溪的尖叫，她一骨碌起身来，来不及穿鞋，赤着脚冲进了米小溪的房间。老玉米一手抓住那个男人的头发，一手抓住他的胳膊，使劲一揪，便把那个男人揪下了床。

"你个畜生！我踢死你！"老玉米狠狠地朝那个男人踢去。

"玉，玉……不要踢不要踢……是自家人……"罗锅也进屋来了，他一把抓住老玉米，说，"不要踢……"

那个男人从地上爬起来，冲着老玉米的头就是一拳，打得老玉米眼冒金星，差点儿摔倒。那男人还吼道："哼！吃我们的，住我们的，还敢踢我！"

老玉米扶住墙壁，定了定神，打开电灯，一看，惊呆了：眼前这个人，是罗锅的儿子。

罗锅的儿子比罗锅还不务正业，这些年一直在外面游荡，时

不时还给罗锅闯点祸，要罗锅拿钱去消灾，大家都叫他“罗锅漏”。

“我们家的饭不是白吃的，不让我占便宜，你们都给我滚出去！”罗锅漏说完，便气冲冲地出了米小溪的房间。

当天晚上，老玉米便带着米小溪离开了罗锅家，回到了她搭的那间草屋里。临睡前，老玉米嘀咕了一句：“挨千刀不得好死的罗锅，肯定是他们偷了我的锅碗瓢盆和油盐酱醋，把我们逼到他的屋里，结果是想霸占我们……”

天刚蒙蒙亮，姜老头和姜老太婆早起到镇上赶集，路过草屋的时候，听到里面有响动。姜老头走过去一看：老玉米和米小溪睡在草屋里。

“哎！”姜老头重重地叹了一口气，“造孽哟！”

“怕是被罗锅给赶出来的吧。”姜老太婆说。

“估计是受不了罗锅的罪。”姜老头说。

“罗锅是什么人？流氓、龌龊一个！”姜老太婆说。

“老婆子，和你商量一个事……”姜老头说了半句，便打住了。

“我晓得你的心思。”姜老太婆说，“唉，也怪可怜的。”

这会儿，老玉米和米小溪也起来了。老玉米准备去赶集，她还得去买锅碗瓢盆、油盐酱醋等。

姜老太婆走到老玉米面前，说：“玉，住我屋里吧，都邻里邻居这么多年了，平时也吵也闹，但大家都没歹心。等这屋建好了，你再搬过来，丫头也要有个住处才安全。”

在姜老头和姜老太婆的劝说下，老玉米也为米小溪的安全考虑，她和米小溪住进了姜家。米小溪也愿意住在这里，至少，她觉得住在这个屋里是安全的。平日里，姜老太婆和老玉米虽然没少吵架，但他们都是为些鸡毛蒜皮的事磨嘴皮子，都没什么大不

了的事。姜老头也很关心米小溪，这不，米小溪的双拐，还是姜老头给赶做出来的呢。

老玉米和姜老头、姜老太婆一起到镇上买东西去了。米小溪一个人待在屋里，她没闲着，扫地抹屋，把姜家里里外外收拾得干干净净。

从此，你必须坚强

开学了。米小溪没有去报到。

在开学前的那天晚上，米小溪和老玉米闹得很不开心。

吃过晚饭，米小溪对老玉米说："三爸，明天开学了……"米小溪的意思很明显，她是向老玉米要学费。哪知老玉米却说："这学，就不要上了，留在屋里，给我做活儿。读书有什么用？学校发工资给你？我问过了，你读那样的学校，也考不上好大学，不读了！"

"我要读书！"米小溪的口气很坚决。

"行，你自己成个家，自己养自己，你想咋样就咋样！"老玉米说得很不客气。

"把我的孤儿补助还给我！"米小溪气急了，说出了好久以来就想说的话。

"啪——"一个响亮的耳光，打在米小溪的脸上。老玉米大吼道："老子白养你了……你天天就惦记着你的孤儿补助，这几年你不吃不喝不穿不住就长大了？早知道你这副德行，老子就不该要你……"

老玉米气得满脸通红，再加上身体比以前虚弱了些，骂起人来也显得困难，她喘着气，看也不看米小溪一眼。

那天晚上，米小溪和老玉米都在床上翻来覆去睡不着觉。

米小溪没有去上学，皮老师、杨梅、向涛等都分别给米小溪打了电话，但都没法接通。

周末，当皮老师带着向涛和杨梅来到天堂村的时候，他们看见了令人心酸的一幕：几个年老体弱的人正在忙着往残墙上搭房梁，米小溪正在煮饭，她的身上穿着一套姜老太婆给她的极不合身的棉衣棉裤，头和脸上满是烟灰……

“小溪……”杨梅拉着米小溪的手，潸然泪下。

一旁的皮老师和向涛眼圈也红了……

米小溪咬咬嘴唇，没有说话，也没有流泪。或许，她的泪已快流干了。亦或许，她已经麻木了。

往残墙上搭房梁的人，是姜老头的远房亲戚，农村的劳动力都赶到城里挣钱去了，留在家里的都是年老体弱之人。

皮老师知道，米小溪家眼下的境况，不需要过多的语言，需要的是行动。

皮老师积极想办法号召全校师生为米小溪捐款，正当这个时候，省歌舞团的沈老师又来了，他原本是想来找米小溪好好谈一谈进歌舞团的事，却正巧碰上皮老师为米小溪募捐一事。沈老师当即表示：“修房的资金由我们歌舞团出，请工人的事，就得有劳皮老师了。”

很快，皮老师就带着钱，带着工人来到了天堂村。皮老师对老玉米说：“米大姐，你放心吧，十天之内，你们就可以住进自己的屋子。修屋的钱，是省歌舞团捐的，我这里还有一些钱，是全校师生捐的，等屋修好后，您往屋里添置一些东西。”

“……”老玉米想说什么，却什么也没有说出来。

“不过，我有一个请求，我想把小溪带回学校去，让她继续读书。”皮老师说，“沈老师还让我转告您，如果您同意，他们想让小溪到省歌舞团去，一边读书，一边学习唱歌和跳舞，小溪有这方面的天赋……”

“……”老玉米说不出话来，只是一个劲地点头。憔悴的老玉米已泪流满面，她原本挺直的身板，现在也佝偻了许多。

在米小溪准备和皮老师一起返校的时候，皮老师从背包里拿出两套衣服，递给米小溪，他说：“这是杨梅让我带给你的，换上它们，上学去。”米小溪含着泪，换上杨梅的衣服，和皮老师一起返校了。

不到十天工夫，老玉米的家便建好了。老玉米含着泪，把屋里屋外收拾得干干净净。这可是自己的家呀！

星期五下午第三节课，皮老师走进教室，对大家说：“同学们，你们都准备好了吗？”

“都准备好了！”大家齐声回答，像小学生一样。

只有米小溪不知道大家在准备什么，她好奇地望着大家。

“既然准备好了，就回寝室去，把你们的宝贝都拿到校门口吧。”皮老师说完，同学们纷纷回到了寝室。

米小溪拉着杨梅的胳膊，问：“怎么回事啊？你们在准备什么？怎么没告诉我？”

“你直接去校门口吧，一会儿你就知道了。”杨梅说完，也朝寝室跑去。

米小溪拄着双拐，快步来到校门口，只见那里停着一辆小型皮卡车。皮老师站在皮卡车旁，笑着对米小溪说：“小溪，来，一会儿我们送你回家。”

不一会儿，同学们纷纷朝校门口涌来，他们的手里拿着大小不一的包裹。

“这是我拿的棉絮。”

“这是我姐姐放在家里的衣服，米小溪，可别嫌弃它旧啊。”

“我妈妈过年的时候买的棉袄，说太长了，一直没穿，送给米小溪的三爸穿吧。”

“我拿了几本课外书，送给米小溪。”

……

同学们把一个个包裹朝皮卡车上放。向涛也混在队伍中，把一个塑料袋放进了皮卡车里。泪水，模糊了米小溪的视线……

吕寒来到米小溪身边，一改往日那“女汉纸”的风格，她小声说：“米小溪，对不起啊……以前，我太……太那个了……这是我自己织的围巾，我只围过一次，送给你。”

“哎哟哟，“女汉纸”也会织围巾？织围巾是小女子干的活儿哦。”赵小山还如往常那样风趣，他笑着说，“‘女汉纸’都变成小家碧玉了，哈哈哈！”

赵小山说完，把一个包裹放进了皮卡车里。

“赵小山，你不会是放了一块石头进去吧?”皮老师打趣道。

“不是不是。”赵小山赶紧申辩，“那可是我卖拐挣钱……哦不是，那是我寒假打工挣钱买的宝贝哟……”

“哎哟哟，赵小山，要说宝贝的话，我觉得你是最好的宝贝——活宝一枚啊，你把自己装进包裹里，送到天堂村，去给米小溪看家。”吕寒可不放过赵小山。

“吼吼，让我去当看家狗啊？只怕米小溪不稀罕呢。”赵小山又问米小溪，“你说是不是?”

米小溪那洒满泪水的脸上，有了一丝笑意。

“好咧！”皮老师喊道，“小溪，坐上车来，我们朝着天堂村出发！”

就在皮卡车要出发的那一刻，杨梅来了。杨梅把一个小竹筐递给米小溪，说："小溪，这是我送给你的。"

啊，兔子！一对可爱的兔子！米小溪开心地说："我又有兔子了！"

皮卡车开到了镇上，那里早已有皮老师安排好的工人等候着，他们或是挑着箩筐，或是背着背篓，准备把皮卡车上的东西搬到米小溪家里。

老玉米和米小溪终于又有了一个家。

晚上，在收拾同学们送的物品的时候，米小溪看到了向涛送给她的东西——一套精致的笔记本。每个笔记本上，都有向涛写的一句话：

——愿你的快乐，和天上的星星一样多。

——心中要有微笑，至少要笑给自己看。

——人生的舞台，需要我们自己去搭建。

——多年以后，想起如今的岁月，该是一道多么美的风景……

……

米小溪打开一个笔记本，开始写日记：

此刻，我最想说的一个词，便是"感谢"。

从明天起，我要做一个阳光的米小溪，做一个笑着生活的米小溪，做一个坚强的米小溪……

米小溪，你一定要在你心中的舞台上，跳一支完美的生命之舞。

……

第二天一大清早，当米小溪把早饭做好的时候，老玉米已经赶集回来了，她买了一对兔种（公兔和母兔）。吃早饭的时候，老玉米对米小溪说："小溪，这对兔种和你同学送的那对小兔崽儿，

就交给你了。你上学的时候，我来管理，周末你回来，就由你自己管理。”

“三爸，我想……”米小溪支吾着，不敢把话说完。

“又要钱?”老玉米看也不看米小溪一眼，她的意思很明显：若是要钱，门儿都没有。

“不是要钱……”米小溪说。

“不要钱，那你要什么?”老玉米问。

“那天，皮老师说去省歌舞团的事……”

“我看还是不去了。鬼知道那地方的人是好人还是坏人，要是再遇到个罗锅漏……”老玉米说，“这事我说了算。”

老玉米说完，放下饭碗，扛着锄头，出门去了。

原本皮老师和老玉米说好了要把米小溪送到省歌舞团去，这下子，老玉米又变卦了，米小溪感到很伤心，她一边收拾着碗筷，一边流着泪。米小溪感觉自己一下子被老玉米推进了冰窖里，全身发冷，冷得透心凉。

“木木，我们去割草。”米小溪背着背篓，拄着双拐，出了家门。

路过屋旁的楠竹林的时候，米小溪停下了脚步。啊，楠竹林中的鸢尾花开了，一朵朵蓝紫色的小花，安静地点缀在楠竹林里。米小溪轻轻地抚摸着一朵鸢尾花，说：“花儿啊，你知道我的心事吗？来生我也做一朵鸢尾花，好吗？那样的话，我至少可以美丽地绽放一次……”

米小溪割草的时候，老是走神，她渴望到省歌舞团去学习，她渴望有一方属于自己的舞台，渴望在自己的舞台上歌唱和舞蹈……

“哎哟！”米小溪手被刀划了一下，出血了。这是米小溪割草走神儿的后果。

米小溪把割破了的手指头放进嘴里吮吸着，然后把血水吐出来，这是山里人一贯的做法。木木舔掉米小溪吐在地上的血水，然后眼巴巴地望着米小溪，仿佛在说："小溪，疼吗?"

米小溪拍了拍木木的头，说："木木，手指不疼，心里疼。"

割满了一背篓青草，米小溪带着木木，爬到了后山的大岩石上。这几年来，这块大岩石一直是米小溪的舞台，在这里，米小溪可以尽情地歌唱，尽情地舞蹈，木木是她最忠实的粉丝。

"木木，我再唱一支歌给你听吧，可能是最后一次了。"米小溪说得有些伤感。

半个月亮爬上来

咿啦啦，爬上来

照着我的姑娘梳妆台

咿啦啦，梳妆台

为什么我的姑娘不出来

咿啦啦，不出来

……

米小溪唱不下去了，她抱着木木，痛哭起来。泪眼中，米小溪仿佛看到了地震后那些血肉模糊的身体，仿佛在黑暗的废墟里看到了爸爸妈妈求救的眼神儿，仿佛听到了撕心裂肺的呼喊……

"呜呜——"木木哀鸣着，仿佛在和米小溪一起哭泣。

"木木，原谅我，我可能太脆弱了……皮老师，原谅我，我原本说好要坚强的……杨梅，原谅我，我没有把你送给我的小兔崽儿养大……向涛，原谅我，我没有把你送的笔记本写满……"

米小溪起身来，单腿跳到大岩石边上，她闭上眼睛，纵身一跳……

"小溪，小溪……"

当米小溪醒来的时候，发现自己躺在床上。

“丫头啊，那大石头上有邪气，别再去了。”姜老太婆握着米小溪的手，说得很神秘。

“大妹子，拿点香烛和纸钱去烧烧，那些脏东西（俗指鬼神）领了纸钱，就不会来讨债了。”姜老头说。

“丫头呃，你可算是命大，给卡在大树杈里，要不，你这条小命，经不起摔。”姜老太婆说。

“要不是听到老黑狗的叫声，哪个会知道这丫头出事了？不及时背回来，如果在那里过夜，冻也冻没命了。”姜老头说，“这老黑狗，你别看它老得要死了，还真是有用。”

“噢，亲爱的木木，你为什么要大叫呢？你为什么要救我呢？你是怕我走了，你会孤单吗？”米小溪在心里想。

老玉米坐在一旁，呆呆的，没有说话，或许是让米小溪给吓坏了。一向泼辣强悍的老玉米，日渐憔悴。

大家都认为米小溪是中了邪，却不知道米小溪内心的痛苦。

米小溪是幸运的，那么高的崖壁，她往下跳的时候，恰好掉进一棵大树的丫杈里，只有背上被大树丫枝给剐伤了，别的地方都没事。看到老玉米那憔悴的神情，看到趴在床前一动不动的木木，看到姜老头和姜老太婆的关心……米小溪在心里责骂自己：“米小溪，你真是个懦夫！”

晚上，米小溪在日记本上写下了一行字：

米小溪，从此，你必须坚强……

伤别离

老玉米给米小溪收拾好包裹。

“小溪，要是缺什么，就打电话回来。”老玉米说。

“嗯。”

“不习惯的话，就回来，家里一样可以生活。”老玉米说。

“嗯。”

“那边的饭要是不好吃，就坐车回来吃两天家里的饭。”老玉米说。

“嗯。”

“要是遇到坏人，你打不过他，就使劲儿地咬他。”老玉米说。

“嗯。”

“把这点儿钱带去，打急用。”老玉米说。

“嗯。”

“这个手机你拿着，想打电话的时候就打。”老玉米说。

“嗯。”

“好好学唱歌，学跳舞，我不求你给我养老，你能养好自个儿就好。”老玉米说。

“嗯。”

……

老玉米似乎叮嘱不够。

米小溪抬起头来看着老玉米，她的脸越来越瘦，她的背越来越弯，头上也多了些许白发……米小溪的心里，不知道被什么刺了一下，生疼生疼的。

米小溪要去省歌舞团报到了。老玉米把米小溪送到了村头的黄桷树下。这几年，米小溪在村外从上初中到上高中，老玉米这样送米小溪，还是头一回。

木木也随着米小溪，来到了黄桷树下，它蹭着米小溪的腿，一副很不舍的样子，它仿佛知道米小溪要远行，可能要好长时间才能回来一趟。

“三爸，我走了……”米小溪对老玉米说。

老玉米没有答话。

“木木，我走了……”米小溪俯下身来，在木木的耳边说，“你要好好看家，照顾好三爸哦。”

“汪汪——汪汪——”木木舍不得米小溪离开。

米小溪拄着双拐，沿着崎岖的山路，离开了天堂村，朝着自己的舞台走去。

皮老师亲自把米小溪送到了省歌舞团。团里的生活指导老师把皮老师和米小溪带到了宿舍。这里的条件非常好，安排给米小溪的是一个单人房间。

“啊，真好，我有属于自己的房间了。”米小溪很开心。

皮老师替米小溪整理好宿舍，才离开。临走时，皮老师对米小溪说：“小溪，我得赶回去上课。如果你想同学们了，随时可以打电话哦。”

“谢谢皮老师！”米小溪说，“代我向同学们问好！”

皮老师走后，米小溪坐在宿舍里突然害怕起来，她问自己：

“我能适应这里的环境吗？这里的老师和同学们会嘲笑我吗？”

当天下午，沈老师便带着米小溪参观了歌舞团的大厅小室，还把米小溪介绍给了歌舞团里的老师和同学们，老师和同学们对米小溪都非常友好。米小溪觉得自己和那个叫艾草的女孩特别投缘，简直是一见如故。

吃过晚饭，艾草来到了米小溪的宿舍里，她的手背在身后，说：“小溪，你猜一猜，我给你带什么来了？”

“我猜不到呢。”米小溪摇了摇头。

“你闭上眼睛好吗？”艾草说。

米小溪闭上了眼睛。

“你摸一摸，再闻一闻。”艾草说。

米小溪伸出手来摸了摸，再闻了闻，她说：“是花儿吗？什么花儿呢？”

“这应该是你家乡的花儿，有了它，你会觉得家乡就在这里，你就不会因为想家而哭啦。”艾草说。

“映山红。”米小溪说着，睁开眼睛，“啊，真的是映山红！”

是啊，米小溪离开天堂村的时候，那些映山红正打着花苞为米小溪送行呢。城里的春天要来得早一些，所以花儿也会开得比山里的早。

“小溪，你喜欢它吗？”艾草问。

“喜欢喜欢！太喜欢了！”米小溪说。

“小溪，我也是从山里来的。我刚来的时候，特别不习惯，特别想家。有一个师姐就送了我一盆映山红，她对我说：‘小草啊，这是家乡的花，有了它，你会觉得家乡就在这里，你就不会因为想家而难过啦。还有啊，映山红的花语是勇敢，你一定要勇敢哦。’”艾草说，“现在，我把它送给你，你可不能因为想家而

哭，要勇敢哦。”

“嗯。”米小溪在回答艾草的时候，眼眶里已经噙满了泪水。

然而，来到歌舞团不到一周时间，米小溪便想回家了。米小溪想木木，想自己的房间，想兔子们，连那个特别爱唠叨的老玉米，她也有点想……

歌舞团的训练很苦。米小溪以前虽然练过舞蹈，但也没有现在苦。这里的纪律很严格，训练要求也很高，一个动作反复做，再疼也要练。几年没有练过舞蹈的米小溪，感到非常痛苦。每到晚上，她躺在床上，疼得连翻身都困难。米小溪用被子蒙着头，痛苦地哭泣。

米小溪给杨梅打电话：“我全身疼死了……我受不了……我要回家……我不学跳舞了……你别劝我，我坚持不了……我不要舞台了……呜呜呜……”

很快，米小溪收到了向涛发来短信：

米小溪，实现梦想的路，一定不好走。但是，你说过你一定要坚强。我相信，你一定会坚强！

米小溪还收到了皮老师发来的短信：

小溪，你不是向往一方属于自己的舞台吗？那个美丽的舞台上，除了有鲜花和掌声，还一定有泪水和汗水。

赵小山和吕寒联合发来一条短信：

米小溪同学，你走了，我们的拐也卖不掉了，真的是好想念你哦，希望有一天，我们来演三人传，你唱歌跳舞，赵小山和吕寒扮小丑，雷倒观众一大片，哈哈哈！

读到这里，米小溪笑了，她擦掉了脸上的泪水，然后对自己说：“米小溪，你再不坚强，我可饶不了你！”

米小溪进步很快，沈老师经常对团里的老师和同学们说：“小

溪的那股韧劲儿，是许多同学不能比的。一个人要想成就大事，就必须坚强。”

适应了歌舞团里的学习和生活，米小溪很开心。

当艾草送的映山红开完最后一朵的时候，米小溪突然特别想念老玉米和木木。刚到团里的时候，米小溪给老玉米打过电话，老玉米在电话那头吼道：“没事就不要打电话回来，你嫌钱多啊？”米小溪便好长时间没打电话回去了。

这会儿，米小溪特别想听到老玉米的声音。真是奇怪啊，在天堂村的时候，米小溪特别讨厌老玉米的唠叨，每当老玉米唠叨的时候，米小溪真恨不得把耳朵塞紧，或者逃离天堂村，真希望永远也不要再听到老玉米的唠叨。现在，听不到老玉米的唠叨了，她却想念起来了。

米小溪也想念木木了。她想：“木木会不会每周都到黄桷树下等我？唉，它一定对我失望了……我真想回去看看木木……木木，你还好吗？”

老黑狗木木陪伴米小溪已经十几年了，米小溪待它已经如亲人一般。

就在这时候，米小溪的电话响了，来电显示是天堂村家里的号码。米小溪兴奋地接起电话：“喂……嗯，我是小溪……啊……不会吧……啊……”

接完电话，米小溪泪流满面，她失声痛哭起来。艾草正巧从米小溪的房间经过，她听到米小溪的哭声，跑进屋来，一边替米小溪擦眼泪，一边问：“小溪，你怎么了？小溪，你怎么了？”

小溪起身来，一边抓起背包，一边说：“小草，你帮我请假，我要回家……我三爸她……她……没了……”

小草明白了米小溪的意思，她对米小溪说：“小溪，你坐一会

儿，我给沈老师打电话。”

不一会儿，沈老师来了，他决定陪米小溪回家。

米小溪和沈老师回到天堂村的时候，老玉米已经躺在了棺材里。皮老师、向涛、杨梅也在。老玉米出事后，姜老头在老玉米的电话机旁发现一张纸，上面有几个电话号码，他不知道哪个号码是米小溪的，便挨个儿拨了一遍，所以，皮老师也接到了姜老头打的电话。

木木守在老玉米的棺材旁，淌着泪水。米小溪抱着木木，哭成了泪人儿。

“小溪，小溪……”杨梅搂着米小溪的肩，不知道该说什么好。

“这妹子啊，好强，又节约。”姜老太婆说，“种了不少地，说要给小溪丫头多挣点钱。前些天就觉得她脸色不好，叫她去看看医生，她说没必要花那闲钱，硬是天天泡在秧田里。”

“丫头，这个，你收好，我们在给她换衣裳的时候看到的。”姜老太婆递过来两个邮局存折，对米小溪说，“你打开检查一下，我们没有动上面的一分钱，你一定当着大家的面打开看看。”

姜老太婆怕被人误会，所以特别强调自己没有动过存折上的钱。

米小溪看了看皮老师，皮老师说：“既然姜婆婆都这么说，小溪，你就看看吧，也让姜婆婆心安。”

米小溪打开存折：一个存折上的钱是米小溪的孤儿补贴，上面只有存入，没有支取，老玉米没有动过一分钱；另一个存折是老玉米存的钱，每次存入的金额不一样，有两百的，有一百的，有五十的……

“三爸……”米小溪又一阵痛哭。她知道自己误会了老玉米，

她曾责怪老玉米私吞了她的孤儿补助。想起临走时老玉米的叮嘱，想起过年时老玉米带自己去镇上挑选新衣服，想起老玉米为了她而从罗锅家连夜搬走，想起她跳崖后老玉米那憔悴的神情……米小溪悲痛无比。

是啊，老玉米是爱米小溪的。如果不爱米小溪，她会把米小溪接到天堂村来吗？多一个孩子就多一份负担啊。如果不爱米小溪，她会那么拼命地种地挣钱吗？她一个人哪能用得着那么多的钱啊。如果不爱米小溪，在米小溪去省歌舞团时，她会有那么多的叮嘱吗？如果不爱米小溪……

米小溪到自己的房间里，拿出了一双毛线鞋。这是米小溪为老玉米钩的毛线鞋，但她一直没有送给老玉米。

米小溪把毛线鞋放在棺材前，哭着说："三爸，这是我给你钩的毛线鞋……"

在姜老头、姜老太婆、皮老师、沈老师等好心人的帮助下，老玉米下葬了。

跪在老玉米的坟前，米小溪欲哭无泪。木木趴在米小溪身边，时不时"呜呜"几声，仿佛在为老玉米送行。

"小溪，我们该回团里了。"沈老师对米小溪说，"以后，我还会陪你回来看你三爸。"

"再住一个晚上，明天走，好吗?"米小溪问。

"好。"沈老师说。

晚上，米小溪一直搂着老黑狗木木。

"木木，我要走了，你和我一起走吗……木木，你就待在姜公公家，他们会照顾好你的……我会回来看你……我会给你打电话……"

木木一直在流眼泪。

夜里，米小溪做了一个梦：木木在前面跑，米小溪在后面追赶，可她怎么也赶不上木木……

第二天，米小溪睁开眼，便呼唤："木木……"

木木没有像往常一样，在米小溪的呼唤声中站在她的眼前。

"木木……"一种不祥的预感笼罩着米小溪，她带着哭腔大喊："木木……"

木木躺在米小溪的床前，没有动。

米小溪摇了摇木木的身体……

木木也走了，这个家，就留下一个米小溪。

在木木的坟前，米小溪烧掉了自己写给木木的信：

亲爱的木木：

谢谢你这些年一直陪伴着我！

木木，你给过我许多快乐。小时候，你陪着我玩儿，陪着我上学。来到天堂村，你陪我割草，陪我到大岩石上唱歌跳舞，还会帮我赶走坏人。你陪我走过了可怕的大地震和火灾，怎么不陪着我一直走下去呢？

木木，我要走了，我要去为实现我的梦想而努力。你知道，我想拥有一方属于自己的舞台，我得为此去努力拼搏。木木，当我在舞台上光彩照人的时候，你一定会为我喝彩，是吗？

木木，在那边，你一定要替我照顾好我的爸爸妈妈，照顾好我的三爸，照顾好我所有的亲人。拜托你了！

亲爱的木木，我会想念你的。

小溪

米小溪和沈老师一起离开天堂村的时候，姜老头和姜老太婆为他们送行，古老的黄桷树为他们送行，满山的映山红为他们送行……

图书在版编目（CIP）数据

一个人的舞台 / 曾维惠著.—福州：福建教育出版社，2015.1（2024.10重印）

（曾维惠心灵成长小说系列）

ISBN 978-7-5334-6463-9

Ⅰ.①一… Ⅱ.①曾… Ⅲ.①长篇小说－中国－当代 Ⅳ.①I247.5

中国版本图书馆CIP数据核字（2014）第117021号

本书获福建文艺发展基金资助

一个人的舞台

曾维惠 著

出版发行 福建教育出版社
（福州市梦山路27号 邮编：350025 网址：www.fep.com.cn
编辑部电话：010-62027445
发行部电话：010-62024258 0591-87115073）

出 版 人 江金辉

印　　刷 三河市金兆印刷装订有限公司
（河北省廊坊市三河市杨庄镇三皇路西侧 邮编：065200）

开　　本 710 毫米×1000 毫米 1/16

印　　张 11.75

字　　数 137千字

插　　页 1

版　　次 2015 年1 月第 1 版 2024 年 10 月第 3 次印刷

书　　号 ISBN 978-7-5334-6463-9

定　　价 42.00 元

如发现本书印装质量问题，请向本社出版科（电话：0591-83726019）调换。